한여름, girl
명랑한 걸!

한우리 청소년 문학 002

한여름, 명랑한걸!

초판 1쇄 발행 2013년 3월 15일
초판 3쇄 발행 2017년 10월 15일

글 기예형
책임 편집 박경선 | 디자인 정상철

ISBN 978-89-93260-83-0 43800

이 도서의 국립중앙도서관 출판시도서목록(CIP)은 e-CIP홈페이지(http://www.nl.go.kr/ecip)와
국가자료공동목록시스템(http://www.nl.go.kr/kolisnet)에서 이용하실 수 있습니다.(CIP제어번호 : CIP2013001040)
* 책값은 뒤표지에 있습니다.

발행처 ㈜한우리북스 | 출판신고 2006년 5월 12일 제2015-000075호
발행인 최명규 | 편집인 이대연
제조국 대한민국 | 주소 서울시 영등포구 당산로 27길 16 한우리빌딩
전화 02-362-4704(편집) 02-362-4754(마케팅) | 팩스 02-362-4750 | 전자우편 book@hanuribooks.co.kr

한여름, girl 명랑한 걸!

기예형 장편소설

한우리문학

하나

힘들까 봐 옆에서 도와줬더니, 엄마는 상추를 다 따고 나서 한 소리 한다.

"차라리 공부를 하지."

영어 말하기 대회에서 짝꿍 수민이가 우수상을 받았다는 소식이 문제였다. 방학 내내 아침 운동 하듯 밭일을 거들 때는 내가 최고라더니. 엄마는 수민이가 어디서 상을 받았다니까 새카매진 내 얼굴을 보고 한숨을 쉬었다.

아빠는 옆에서 그런 엄마와 내 눈치를 보며 끼어들 틈을 살폈다. 내 편을 들어 주려고 하는 것 같다. 엄마가 아빠 옆구리를 찌르며 가만히 있으라는 신호를 보냈다.

햇볕도 뜨거운데 이대로 있어 봐야 열만 오른다. 나는 끼고 있던 비닐장갑을 바닥에 던지고 화풀이하듯 운동화를 탁탁 털었다.

"영어 잘하는 둘째를 낳든가."

나도 모르게 볼멘소리가 튀어나왔다. 엄마는 나를 힐끗 보고는 못 들은 척 상추를 차곡차곡 담기만 한다.

선크림을 발라도 얼굴이 타는 무더위에 기껏 일손을 거들었더니 이런 소리나 듣고. 남들은 여름 방학 때 늦잠을 잔다던데. 그 시간 아껴 가면서 엄마를 도와주고 이런 소리를 들어야 하는 건가. 효녀 노릇 좀 하려다 망했다. 강수민은 왜 그런 대회에서 상을 받아서 내 효녀 노릇에 태클을 거는지 모르겠다.

나는 뒤도 돌아보지 않고 상추밭을 걸어 나왔다. 걸을 때마다 무릎 높이로 자란 풀이 쓰리게 스쳤다. 덥다고 집에서 입던 반바지 차림 그대로 나왔더니 이 꼴이다. 도대체 마음에 드는 게 하나도 없는 날이다.

개학식이 끝나자마자 복도를 뛰어다니는 소리가 왁자하게 들렸다. 나는 따가운 햇살에 반쯤 넋을 놓고 창밖을 멍하니 내다보았다. 가벼운 걸음으로 학교를 빠져나가는 아이들이 보였다. 같은 교복을 입고 있어도 아이들은 저마다 차림새가 달랐다. 교문을 빠져나가는 동시에 치마허리를 접는 아이부터, 몸에 딱 맞게 바지를 줄여 입은 아이, 원색의 카디건을 걸친 아이까지. 길게 늘어선 학원 차들이 달고 있는 학원 이름이 다르듯 아이들의 모습도 모두 다르다.

아이들의 등으로 떨어지는 햇빛이 반짝거렸다. 무더위가 한풀 꺾인 듯한 오늘 같은 날은 위험하다. 집으로 가는 길에 술 취한 아빠를 만날 수 있기 때문이다. 술 취한 아빠가 때리기라도 할까 봐 위험하냐고? 순해 빠진 우리 아빠가 그럴 리가. 동네 아저씨들과 반주를 하다가, 식당 문을 박차고 나와 "우리 딸 사랑한다!" 하고 외칠 때에는 황급히 어디론가 사라지고 싶다.

수정이는 그런 우리 아빠가 멋있단다. 친구네 아빠니까 그렇게 말할 수 있는 거다. 그런 아빠를 만난다는 것은 모두들 반쯤 조는 조회 시간에 방귀 한 방을 우렁차게 뀐 기분이랄까. 사람 많은 길에서 술기운에 댄서처럼 흐느적거리는 아빠를 만나 본 사람만이 손발 오그라드는 느낌을 공감할 수 있을 거다.

이렇게 하굣길에 만나는 아빠라고 하면 백수라 오해할 수 있지만 그렇지 않다. 우리 아빠는 정년퇴직이 걱정 없는 농부다. 아빠 직업이 농부라면 다들 내가 사는 곳이 두메산골이라 생각한다. 서울에서 조금만 벗어나도 논과 밭이 널렸는데 모르는 사람 눈에는 그냥 벌판으로 보이나 보다.

"여름아, 선생님이 뭐라고 했지?"

애써 기억을 더듬어 선생님이 했던 말을 떠올려 보았다. 중학교 3학년 2학기에 공부가 얼마나 중요한지에 대해 말하고, 방금 전에는 뭐라고 했더라?

톡톡, 가볍게 책상을 두드리는 소리에 밑을 내려다봤다. 수민이가 밀어 준 연습장에 '복장을 단정히'라고 적혀 있었다.

"복장을 단정히 하라고 하셨습니다."

선생님이 고개를 끄덕이며 나를 보고 씩 웃었다. 나도 덩달아 선생님을 보고 씩 웃었다.

다른 반 아이들이 학교를 거의 다 빠져나갔을 때쯤 우리 반 종례도 끝났다.

나는 느긋하게 가방을 싸다가 뒷문에 서 있는 수정이를 보았다. 나랑 눈이 마주치자 수정이가 가볍게 손을 흔들었다. 대충 책과 노트를 가방에 쑤셔 넣고 뒷문으로 달려갔다.

"오래 기다렸어?"

"한두 번도 아닌데, 뭐."

아무렇지 않다는 듯 수정이가 어깨를 으쓱했다. 화내지 않고 그냥 웃어넘겨서 수정이에게 더 미안했다. 우리 선생님은 다 좋은데 종례가 너무 길다. 학교를 통틀어 가장 늦게 끝나는 게 우리 반이다.

"빨리 좀 나와라!"

수민이가 내 머리를 가볍게 쥐어박았다. 나는 수민이를 실눈으로 흘겨보고 수정이를 잡아당겨서 앞서 걸어 나갔다. 멈칫하던 수민이는 굳이 수정이와 나 사이를 비집고 껴들었다.

나보다 10센티미터가 크고 수정이보다 20센티미터가 큰 수민이가 우리 사이에 서면 그 모습이 조금 웃겼다.

"네가 가운데에 끼면 수정이랑 내가 꼭 고목나무에 매미 같잖아. 좀 떨어져 걷지."

내 말에 수정이랑 수민이가 동시에 웃음을 터트렸다. 웃는 모습이 닮은 둘은 이란성 쌍둥이.

"고묵나무가 아니라 고목나무."

수민이의 얄미운 대꾸에 내가 뻔뻔하게 대답했다.

"고묵나무나 고목나무나. 대충 알아듣기만 하면 되는 거지."

내 머리에 가볍게 닿는 수민이 손. 그때 복도에 있던 여자아이들의 눈길이 일제히 우리에게 쏠렸다. 늘 사물함이 넘쳐 날 만큼 선물을 받는 수민이 때문이다.

수민이는 평범하고 닳아서 반질거리는 교복을 입고도 빛이 났다. 선생님들이 말하는 어릴 땐 꾸미지 않아도 예쁜 학생의 대표적인 예랄까. 아마 엄마 배 속에 있었을 때부터 미남이었을 거다. 이런 모태미남 수민이랑 비교하면서 우리더러 꾸미지 말라니. 선생님들은 뭘 몰라도 한참 모른다.

그때 운동화를 신으려고 멈춰 선 우리 곁으로 한 여자아이가 다가왔다. 긴 생머리에 귀엽게 생긴 얼굴, 도드라지는 검은색 서클렌즈, 1학년의 색상인 노란색 이름표, 거기에 적힌 이름 김이슬.

"오빠, 이거요……."

애교 섞인 목소리로 그 아이가 내민 것은 분홍색 편지 봉투. 편지로 마음을 전할 아이로는 안 보이는데. 이런저런 고백을 수민이가 모두 거절했다니까 고전적인 방법으로 접근하는 모양이다. 당황한 수민이가 난감한 표정으로 나를 쳐다보았다. 눈빛으로 뭔가를 말하는데 알아들을 수가 없었다. 재촉하듯 분홍색 편지 봉투가 흔들렸다.

잘생긴 남자아이에게 고백하는 여자아이는 대체로 두 가지 부류로 나뉜다. 자신감에 가득 차서 "한번 만나 볼래?" 하고 당당하게 말하는 부류와 "마음만 알아주세요." 하는 팬 같은 부류이다. 이따금 수민이가 먼저 고백하기를 바라며 호시탐탐 주변을 맴도는 여우 같은 부류도 있다.

편지를 받지 않고 뒷걸음치는 수민이를 보고 수정이가 헛기침을 했다. 수민이가 가볍게 한숨을 내쉬며 멈춰 섰다.

"나한테 고백하려면 적어도 내가 뭘 싫어하는지는 알아야 하지 않을까?"

복도가 '음소거'를 한 것처럼 조용해졌다.

"서클렌즈, 편지, 향수 냄새."

수민이의 냉정한 말에도 그 아이는 기죽지 않고 분홍색 편지 봉투를 내밀었다.

"오빠가 말한 거 다 고칠게요. 받아 주세요."

당돌하고 당당한 모습에 잠시 말문이 막혔던 수민이가 갑자기 내 어깨를 잡아당겨 그 아이 앞으로 밀었다.

"이건 말 안 하려고 했는데. 내 여자 친구야."

수민이가 바로 고개를 돌려 한껏 얼굴을 찡그렸다. 그리고 장난스럽게 웃으며 내 얼굴을 빤히 내려다본다. 입 모양으로 "웃지 말고 아니라고 말해." 하며 찡그리더니 다시 장난스럽게 웃으며 고개를 끄덕이는 수민이. 예감이 좋지 않았다.

"우리가 눈빛만 봐도 통하는 사이라, 여자 친구가 우리가 사귀는 걸 비밀로 해 달라네. 그렇게 해 줄 수 있지?"

가까이 다가오지 못하고 조금 떨어진 곳에서 우리를 지켜보던 아이들이 웅성거렸다. 오늘 안에 나와 수민이가 사귄다고 전교에 소문이 퍼질 게 뻔하다. 카메라가 돌아가는 쇼 프로그램에서 진행자가 초대 손님에게, 여기에 우리 둘뿐이니 비밀을 말해 봐라 하는 것도 아니고 이게 뭔가.

마지못해 고개를 끄덕인 여자아이가 확실히 읽을 수 있는 표정을 지었다. 저 여자아이보다 내가 더 예쁜데, 하는 속마음을 담은 표정. 내가 쌍꺼풀이 없어서 그렇지 나름 미모는 괜찮은데, 이런 수모를 당해야 하다니. 지금은 머리가 짧아서 어깨에도 안 닿지만 나도 머리를 길게 기르면 나름 청순할 것이다. 아직 길러 본 적은 없지만 말이다.

"적당히 하지, 강수민. 저기 1학년!"

침착한 목소리로 수정이가 돌아서는 여자아이를 불러 세웠다. 머리카락을 청순하게 날리며 그 아이가 고개를 돌렸다.

"여름이랑 강수민, 사귀는 사이 아니야. 수민이 여자랑 친하게 지낼 생각 없어."

그 아이는 손가락으로 나를 가리키고 볼에 바람을 넣으며 귀엽게 물었다.

"그럼 옆에 저 언니는요?"

"여름이는 특별 케이스. 빨리 포기하고 다른 사람 찾아."

달래듯 말하는 수정이의 대답에 그 아이가 애교 섞인 투정을 부렸다.

"그래도 포기 안 해요."

볼에 다시 한 번 바람을 불어넣은 아이는 유독 찰랑거리는 머리카락을 날리며 복도 끝으로 빠르게 사라져 갔다. 그 아이와 함께 주변에서 있던 아이들도 흩어졌다.

수정이가 수민이 전용 표정을 장착하고 버럭 짜증을 냈다.

"싫으면 싫다고 말을 해야지! 여름이만 가운데서 난처하게 왜 그래?"

나는 수민이에게 발길질을 하는 수정이 앞을 막아서고 달래듯 어깨를 잡아끌었다.

자연스럽게 손이 올라가는 높이에 어깨가 있는 수정이 키는 155센티미터. 작은 고추가 맵다는 말이 딱 들어맞는 아이다. 머리도 좋은 데다 성실하기까지 해서 선생님의 사랑을 독차지하고 있다. 그런 수정이가 친구라는 사실에 어깨가 으쓱해지고는 했다.

"주말 약속 안 잊었지?"

마음을 가라앉힌 수정이가 큰 눈을 깜박거리며 나를 바라보았다. 주말 약속이 뭐였더라? 잊고 있었지만 생각난다는 듯 고개를 끄덕였다.

"모네 전시회 기대된다."

발그레한 얼굴로 수정이가 말했다. 텔레비전에 좋아하는 연예인이 나오면 내가 짓는 표정과 비슷했다. 그림이 말을 하거나 노래를 하는 것도 아닌데 설레다니 참 신기했다.

"어딜 보는 거야!"

낚아채듯 수민이가 긴 팔로 나를 잡아당겼다. 움푹 파인 구덩이가 눈에 들어왔다.

"잘 좀 보고 다녀라."

수민이가 무뚝뚝하게 한마디 내뱉고는 자전거 보관소로 향했다.

백마 탄 왕자님, 강수민에게 어울리는 자전거는 역시 흰색. 보통 자전거보다 1인치 정도 커서 바퀴도 컸다. 높게 올려놓은 안장 높이가 녀석의 다리 길이를 말한다. 옆에 서 있는 하늘색 자전거는 수정이 것으로 이온 음료 광고에 청순한 여자가 타고 나오는, 바구니가 달린 자전거이다.

얼마 전까지 보라색 바탕에 자전거 회사 로고가 박혀 있던 낡은 내 자전거는 2주일 전 빨간색이 되었다. 논두렁에서 구른 뒤 나를 위해 빨간색으로 페인트칠해 준 수민이 작품이다. 의외로 미신을 믿는 수민이는 빨간색이 액운을 막아 준다며 이제는 넘어질 일이 절대 없을 거라고 큰소리쳤다.

글쎄, 과연 그럴까?

"그냥 어쩌다." 하고 둘러댔지만, 실은 만화책을 보면서 자전거를 탔기 때문에 넘어진 거다. 만화책은 빌리는 순간부터 책장을 넘기고 싶다. 집에 갈 때까지 참는다는 건 무리다.

아파트 단지를 벗어나서 동네에 들어서는 순간이 특히 문제. 번잡

한 시내와 우리 동네는 공기부터 다르다. 코가 뻥 뚫리는 느낌이랄까. 차도 다니지 않고 사람도 드문 길을 천천히 달리며 만화책을 보는 기분이란. 만화 속 세상으로 들어가는 느낌이다.

수정이 수민이 쌍둥이와 있을 때 만화 속으로 들어간 것 같은 느낌을 종종 받는다. 쌍둥이가 이름만 들어도 알 만한 강사한테 과외를 받으러 대치동으로 갈 때나, 외국에 영어를 배우러 갈 때 그 느낌에 사로잡힌다. 나한테는 일어나지 않는 일들을 쌍둥이는 겪고 있으니까.

길 찾기 지도가 내장된 것처럼 수정이는 어디를 가도 헤매지 않고 길을 잘 찾는다. 덕분에 그 뒤만 졸졸 따라다니면 된다. 하지만 오늘은 서울에서 과외를 받는 수정이와 따로 미술관에 가야 했다. 그 때문에 인터넷으로 미술관 위치를 확인했다.

이럴 때면 내가 얼마나 게으른지 실감하게 된다. 어딜 가더라도 당연히 수정이가 위치를 알겠거니 하고, 교통 카드만 달랑 들고 나갔으니까. 스마트폰이 있으면 길 찾기 어플을 받아서 길을 찾아갈 텐데. 나는 요즘 사람들이 거의 다 쓰는 스마트폰이 없다.

미리 검색한 대로 광역 버스를 타고 강남역에 내려 지하철로 환승했다. 몇 번 와 본 곳인데도 일 년에 한두 번 와서 그런지 길이 낯설었다. 전시회를 보러 가는지 나와 같은 방향으로 향하는 몇몇 사람이 눈에 띄었다. 다들 짧은 반팔을 입고 있었다. 우리 동네는 아침저녁으로 살짝 찬 바람이 불어서 긴팔을 입고 나왔는데, 서울은 왜 아직까지 이렇게 더운지 모르겠다. 긴팔 소매를 접어서 팔꿈치까지 걷어 올렸다.

손목시계를 보니 약속 시간 45분 전. 시간을 때울 생각으로 편의점을 찾았다. 근처에는 편의점이 보이지 않아 가던 길에서 벗어나 낯선 길로 들어섰다. 사람 사는 곳이면 어디에나 있는 편의점이니 걷다 보면 나오겠지. 등에 땀이 나기 시작해 잠시 멈춰 섰다. 주변을 둘러보니 지하철에서 같이 내렸던 사람들이 아무도 보이지 않았다.

나는 길치이면서도 새로운 길이 나오면 걸어 보고 싶어서 무작정 발을 내디뎠다. 친구랑 있으면 다행이지만 혼자서 새로운 길로 들어서다 길을 잃고 헤매기 다반사. 지금도 편의점에 가겠다고 모르는 길에 발을 들인 게 잘못된 선택이다. 보이는 건 낯선 건물뿐이고 막다른 길이라 더 이상 앞으로 가지도 못한다.

건물 안으로 들어가서 반대편으로 나가면 길이 있지 않을까? 두리번거리며 건물로 들어갈 뒷문을 찾았다. 주차장 옆 모퉁이에 작은 입구가 보여 그쪽으로 갔다. 모퉁이를 돌아 문을 여는데 안에서 둔탁하게 부딪히는 소리가 들렸다. 느낌이 좋지 않아 문을 손톱만큼만 조심스럽게 열어 보았다.

건물 복도에 남학생 두 명이 보였다. 그 학생들의 살짝 일그러진 표정만 봐도 위압감이 전해 왔다. 겁이 나서 문을 닫으려는데 신음 소리가 들렸다. 남학생들의 발밑에 몸을 잔뜩 웅크리고 있는 한 사람이 보였다. 눈매가 날카로운 남학생이 발끝을 세워 바닥에 웅크린 사람의 다리와 배를 찼다. 그 옆에 서 있는 남학생은 그 모습을 보면서 실실 웃었다. 처진 눈이 귀엽게 생긴 얼굴로 웃으니 더 소름이 끼쳤다. 방어하듯 몸을 동그랗게 만 사람이 신음하며 더욱 몸을 움츠렸다.

"거기 뭐야!"

복도 끝에서 한 남자 어른의 목소리가 들렸다.

놀란 나는 문에서 떨어졌다. 순간 벌컥 문이 열리면서 서 있던 남학생들이 튀어나왔다. 남학생들은 뒤도 돌아보지 않고 잽싸게 달아나 버렸다.

열린 문 사이로 검은색 앞치마를 두른 남자가 걸어오는 게 보였다. 바닥에 웅크리고 있던 사람이 재빠르게 땅을 짚고 일어났다. 자세히 보니 내 또래의 소년이었다.

검은색 앞치마를 두른 남자가 소년을 살피며 걱정스레 물었다.

"괜찮니?"

소년은 말없이 고개만 끄덕이다 꾸벅 고개를 숙였다. 때마침 불어온 바람에 소년의 머리카락이 날렸다. 햇빛에 드러난 소년의 얼굴은 하얗게 질려 있었다. 코까지 내려와 온 얼굴을 덮을 것 같은 바가지 머리 때문에 표정은 보이지 않았다.

나는 멍하니 소년을 바라보았다. 소년은 옷에 묻은 먼지를 털었다. 그러자 살짝 걸쳐 입은 남색 카디건과 갈색 머리카락이 같은 리듬으로 팔랑거렸다. 소년은 쪼그려 앉아 풀린 하이탑 운동화 끈을 묶었다.

오늘 처음 신고 나온 듯한 하얀 운동화에 비해 더러워진 끈이 유독 도드라져 보였다.

내 눈길을 느꼈는지 소년이 나를 올려다보았다.

"어, 저기……. 예술의 전당에 가려면 어떻게 가야 하나요?"

"쭉 걸어가다 갈림길이 나오면 왼쪽으로 꺾으세요."

방금 누구에게 맞았다는 게 무색할 만큼 목소리가 맑았다.

나는 고개를 숙여 고맙단 뜻을 전하고 빠른 걸음으로 그곳을 빠져나왔다. 소년의 말처럼 갈림길에서 왼쪽으로 꺾어 올라가니 길 건너편에 예술의 전당이 보였다.

둘

학교는 왜 날마다 같은 시간에 가는 걸까? 거기다 왜 어른이 출근하는 시간보다 일찍 가야 하지?

손목시계를 내려다보니 8시 10분. 자전거 페달을 아무리 열심히 밟아도 등교 시간 8시 15분까지는 도착할 수 없는 시간이다. 5분 늦으나 20분 늦으나 똑같은 지각. 수업 시작하기 전까지만 교실에 들어갈 생각으로 천천히 페달을 굴렸다. 왠지 마음 한구석이 찜찜해 늘 가던 길을 뒤로하고 울퉁불퉁하지만 빠르고 눈에 안 띄는 샛길로 갔다.

나무가 많은 길에 들어서자 매미 우는 소리가 들렸다. 방학 때까지만 해도 오케스트라처럼 떼로 울어 대더니 2학기가 된 뒤로 잠잠해졌다. 자전거 안장에서 엉덩이를 떼고 일어서서 페달을 밟았다. 샛길을 벗어나 학교로 들어서는데 아무도 보이지 않았다. 걸리지 않고 교실로 들어갈 수 있겠다는 기대감에 조심스럽게 자전거를 세웠다.

"엄마야!"

바닥에 떨어진 매미를 보고 놀라서 소리쳤다. 매미는 아직 살아 있는지 청소기처럼 윙윙거리며 바닥을 쓸고 있었다.

학교를 쭉 훑어보면서 어디로 들어가야 안전하게 교실로 갈 수 있을지 살폈다. 눈에 확 띄는 복도 끝 입구보다 중앙 현관이 더 안전하게 느껴졌다.

슬쩍 교실을 보니 수민이가 앉아 있었다. 가방을 받아 달라고 문자를 보냈다. 문자를 본 수민이가 자연스럽게 창가 쪽 내 자리로 옮겨 앉았다. 실내화로 갈아 신고 자세를 낮춰 교실로 다가갔다. 창틀에 가방을 올리고 받아 내리는 소리가 들릴 때까지 기다렸다.

잘못했을 때 걸리는 이유 중 하나는 불안해서 그렇다. 나는 한껏 평소와 비슷한 걸음으로 걸었다. 몇몇 선생님과 마주쳤지만 자연스럽게 인사를 했다. 이대로 가면 무사히 교실에 들어갈 수 있겠다는 생각에 콧노래가 나왔다.

"한여름! 또 매점 갔다 오는 거니?"

교실 문을 막 열려는 순간 담임 선생님의 목소리가 들렸다. 심호흡을 하고 뒤돌았다. 담임 선생님이 제법 엄한 표정을 지었다. 지각한 걸 들키지 않은 것만으로도 다행이라 배시시 웃고 말았다. 금방 누그러진 말투로 선생님이 주의를 주었다.

"자율 학습 시간은 지켜야지."

"죄송합니다."

나는 우렁차게 대답하고 고개를 숙였다.

오늘따라 분홍색 립스틱이 도드라지는 선생님이 빙그레 웃었다. 선생님과 마주 보고 웃다가 옆에 서 있는 남학생을 보았다. 처음 보는데 이상하게 낯이 익었다. 나와 눈이 마주치자 남학생은 눈길을 피했다.

나는 교실로 들어가 수민이가 미리 빼 놓은 의자에 자연스럽게 앉았다. 의자에 앉을 때 앞쪽 자리에 앉은 김미영과 눈이 마주쳤지만 못 본 척했다.

약간의 시간 차이를 두고 선생님과 남학생이 들어왔다. 떠들던 아이들이 일시에 조용해졌다. 교탁 앞에 선 선생님이 다정한 목소리로 남학생을 소개했다.

"서울에서 전학 온 친구다. 성규, 인사하렴."

기죽지 않고 씩씩하게 인사하는 남학생의 이름은 이성규. 키는 나랑 비슷해 보였고 마른 몸집에 쌍꺼풀 없는 큰 눈으로 눈동자는 갈색빛이 돌았다. 나는 밤톨같이 짧은 앞머리가 귀여워 빤히 쳐다봤다.

성규가 아이들을 향해서 가볍게 손을 흔들었다.

"만나서 반갑습니다."

내 앞자리가 비어 있어 성규가 내 쪽으로 걸어왔다.

성규가 자리에 앉는 순간 뒷머리가 찰랑거렸다. 햇빛을 받은 머리카락이 갈색으로 빛났는데, 염색하지 않은 순 갈색 같았다.

성규는 뒤통수가 따가웠는지 뒤를 돌아보았다. 나랑 눈이 딱 마주쳐 빙그레 웃었다. 잠시 그렇게 눈을 마주치고 있다가 웃음기를 거두고 고개를 돌렸다.

수민이가 노트를 내 앞으로 밀었다. '그렇게 빤히 쳐다보면 전학생이 기분 나쁘잖아.'라고 적혀 있었다. 펜을 들어, '본다고 닳는 것도 아닌데.'라고 답했다.

나는 성규의 가지런한 뒷머리를 보면서 어디선가 본 것 같아 곰곰이 기억을 더듬었다. 한두 번 본 얼굴이 아니고 자주 보던 익숙한 얼굴인데. 내가 종종 다니는 동선을 그려 보았다. 독서실, 광화문 서점, 수로 산책길, 도서 대여점. 그 어떤 곳에서도 성규를 본 기억이 없다.

"맞다, 그 드라마!"

나도 모르게 큰 소리가 튀어나왔다. 선생님과 아이들의 눈길이 일제히 나에게 쏠렸다.

"드라마에서 전학생을 본 게 생각나서……."

순간 성규가 나를 매섭게 노려봤다.

그 드라마는 고아인 남자 주인공이 성공한다는 내용으로 주인공의 어린 시절 성장기가 2회에 걸쳐 방송되었다. 아빠가 죽고 엄마가 다른 남자와 결혼을 하면서 버려진 주인공이 오열하던 모습이 떠올랐다. 우리 엄마는 그 장면을 보며, "어린것이 뭘 알아서 저렇게 서럽게 우나?" 하곤 드라마에 빠져 함께 울었다. 나도 궁금했다. 내 또래로밖에 안 보이는 주인공이 어떻게 저리 서럽게 우는지.

"자, 조용조용! 성규한테 궁금한 것은 쉬는 시간에 물어보고. 수업 준비해라."

우리에게 주의를 준 선생님이 교실을 빠져나갔다.

1교시가 끝나기를 기다렸다는 듯 아이들이 성규 주변으로 모여들었다. 나서기 좋아하는 미영이가 앞장서서 맨 먼저 질문을 던졌다.

"서울 어디서 살다 왔어?"

"청담."

거의 동시에, "오, 청담!" 하고 모두들 감탄했다. 청담이 뭐라고 감탄까지. 사람 사는 곳이 다 거기서 거기지. 괜히 동경 어린 눈길을 보내는 아이들이 유치해 보였다. 내 표정을 읽었는지 수민이가 피식 웃으며 일어났다.

"매점 가자."

나는 교실을 빠져나오자마자 퉁명스럽게 내뱉었다.

"청담이 뭐라고."

"너도 궁금해하는 거 같은데?"

수민이가 내 머리를 쓰다듬으며 장난스럽게 웃었다. 살짝 뜨끔해서 일부러 더 신경질을 내며 성큼성큼 앞서 걸었다.

매점 앞에 다다른 수민이가 주머니에 손을 넣고 손잡이를 내려다봤다. 이런 자세는 나더러 매점 문을 열어 달라는 신호다. 수민이는 어깨높이로 손을 올려 좀비처럼 내밀었다. 그래서 내가 매점 문을 벌컥 열고 퉁명스레 한마디 했다.

"만진다고 안 죽거든요."

고개를 저으며 싫은 내색을 비친 수민이가 아이들이 붐비지 않는 매점 구석으로 가 섰다. 나는 수민이가 어디 섰는지 확인하고 빵 코너로 갔다. 빵 3개를 골라 계산하려고 주머니에서 돈을 꺼냈다. 수민이가 건네준 2천 원은 다림질한 것처럼 빳빳했다. 거기다 돈 냄새 대신 섬유 유연제 냄새가 났다.

나는 두 손에 빵을 들고 수민이랑 같이 수정이네 반으로 올라갔다. 3학년 중 유일하게 수정이네 반만 2층에 있어서 교실 배치가 이상하다는 생각을 들게 한다. 그래도 2층에 올라가면 2학년 교실을 엿보는 재미가 있다.

나는 뒷문을 살짝 열고 교실을 살폈다. 때마침 뒤를 돌아본 수정이가 우리를 보고 달려 나왔다. 수정이가 다가오자마자 빵을 건넸다. 주머니에서 물티슈를 꺼낸 수정이가 빵 봉지를 닦고 수민이에게 내밀었다. 익숙한 자세로 수민이가 빵을 받아 들었다.

내가 먼저 빵을 한 입 베어 물고 입을 열었다.

"우리 반에 누가 전학 왔어."

"이름은 이성규."

수정이가 바로 내 말을 받더니 의미심장한 웃음을 흘린 뒤 어깨를 으쓱했다.

"빠르다."

감탄해서 빤히 쳐다보는데 수정이의 얼굴에 그늘이 스쳐 지나갔다.

"누가 전학 왔는지 별로 알고 싶지도 않은데……."

말끝을 흐린 수정이가 창밖으로 눈길을 옮겼다.

누군가와 친해지고 싶을 땐 어떻게 하는 것이 좋을까? 수정이랑 친해지고 싶은 아이들은 시도 때도 없이 메시지를 보낸다. 안부 인사를 전하는 메시지도 있고, 자신에게 벌어진 일을 시시콜콜하게 알려 주는 메시지도 있다. 지금처럼 다른 반에서 일어난 일들이 메시지로 순식간에 수정이 귀에 들어갈 때도 있다. 그런 건 일기에나 적을 일이지 왜 남한테 보내는지.

"피곤해."

한숨 섞인 말을 내뱉은 수정이가 기지개를 폈다. 짧은 쉬는 시간에 빵 한 봉지를 사서 후다닥 해치우고 수다까지 떤 뒤 수민이와 나는 교실로 돌아갔다.

아직도 성규 주변에는 아이들이 많았다. 바로 뒷자리인 우리 자리에도 앉기 힘들 만큼 몰려 있었다. 심지어 다른 반 아이들까지 섞여 있었다. 조금이라도 성규를 더 보겠다고 의자 위에 올라선 아이도 여럿 보였다.

수민이는 가볍게 한숨을 쉬었다. 수민이는 '손'을 싫어한다. 여러 사람의 손이 닿는 것은 물론 한 사람의 손이 여러 번 닿는 것도 싫어한다. 농담으로 휴대 전화를 만드는 데 사람 손이 얼마나 많이 가는 줄 아느냐고 했더니, 1주일 동안 휴대 전화를 만지지 않은 적도 있었다. 손 알레르기가 있는 수민이는 남의 손이 제 몸에 잘못 닿으면 신경질을 내고 숨을 잘 쉬지 못한다.

내가 모르는 이유가 분명 있을 것이다. 초등학교 5학년 때 쌍둥이가 우리 옆집으로 이사를 왔다. 정확하게 말해 옆집이 있던 자리에 새 집을 짓고 들어왔다. 쌍둥이는 함께 전학을 왔는데, 수민이만 두 달 정도 학교에 나오지 않았다. 나는 수민이가 왜 학교에 나오지 않는지 궁금했다. 밥을 먹을 때, 잠잘 때, 운동할 때, 심지어 화장실 갈 때도 수민이가 왜 학교에 가지 않는지 궁금했다. 수정이에게 물었지만 모른다는 답변이 돌아왔다. 지금도 여전히 수민이가 왜 학교에 나오지 않았는지 모른다. 다만 막연하게 그 부분은 묻어 둬야 하는 거라고 생각할 뿐이다.

수민이가 성규 주변에 모여 있는 아이들에게 말했다.

"좀 앉자."

아이들은 들은 척 만 척 여전히 자리를 떠나지 않았다. 한숨이 새어 나왔다. 우리 반 녀석 하나가 힐긋 고개를 돌렸다가 못 본 척 내 눈길을 피했다.

"수업 시작할 때 됐거든."

다른 반 아이들이 힐끔거리며 나를 쳐다봤다. 짜증 섞인 표정이라는 걸 알았지만 나는 잇따라 말했다.

"나중에 더 물어봐. 점심시간에 밥도 먹지 말고 물어보든가."

아이들 속에 파묻혀 보이지 않는 성규의 목소리가 들렸다.

"그래, 나중에 더 물어봐."

그제야 주변에 모여 있던 아이들이 하나둘 흩어졌다. 몇몇은 신경질을 내며 내 어깨를 치고 지나갔다. 욱하고 치밀어 올랐지만 꾹 참았다. 수업 시간 다 되어서 자리로 돌아가라는 게 뭐 그렇게 화낼 일인지 모르겠다. 쫓아가서 똑같이 어깨를 치고 싶었지만, 수정이랑 학교에서 욱하지 않기로 약속한 터라 참았다.

나는 미리 꺼내 둔 물티슈로 책상에 찍혔을 손자국을 닦아 냈다. 책상을 다 닦자 옆에서 기다리고 있던 수민이가 자리에 앉았다.

성규가 물티슈를 들고 있는 나를 힐끔 돌아다봤다. 내가 빙그레 웃으며 말을 걸려고 했는데 성규가 고개를 획 돌려 버렸다. 샴푸 광고를 찍는 것도 아닌데 획획 고개를 돌리는 건 무슨 심보인지. 괜히 뒷모습이 밉살스럽다.

성규 뒤통수를 노려보는데 수민이가 옆구리를 찔렀다. 앞을 보니 담임 선생님이 들어와 있었다. 나는 책상 서랍에서 국어책을 꺼냈다.

"수업 전에 전달 사항. 드디어 연극제가 돌아온다. 오디션에 나갈 사람은 한 반에 다섯 명씩."

우리 학교는 해마다 학생 연극제에 나간다. 성적이 좋아서 은근히 연극제를 기다리는 선생님과 학생이 많다. 그러나 공부에 열 올리는 우리 반 녀석들에게 시간을 많이 투자해야 하는 연극제는 사치다.

"누구 나가고 싶은 사람?"

모두들 서로 눈치만 살폈다. 역시 다들 망설이는 것 같았다. 수업 시간보다 더 조용한 아이들 모습에 선생님이 말을 꺼냈다.

"아무도 없어? 지난 수업 때 지문 읽는 거 보니까 여름이가 아주 맛깔나게 읽던데. 연극에 한번 도전해 볼래?"

연극에 도전하라니. 이게 무슨 날벼락인가. 선생님을 향했던 아이들 눈동자가 한꺼번에 나를 향해 이동했다. 몇몇은 선생님과 나를 번

갈아 보며 표정을 약간 찡그렸다.

그때는 다들 졸기에 장난이 치고 싶었다. 담담하게 읽는 것과 다르게 남자 목소리도 내고 여자 목소리도 내면서 반쯤 장난으로 책을 읽었다. 그렇게 책을 읽었다고 연기에 관심이 있는 건 절대 아니다. 그건 내가 좋아하는 담임 선생님 시간에 조는 아이들을 정신 차리게 해 주려는 장난이었을 뿐이다.

기대 가득한 선생님의 얼굴을 보면 하겠다고 대답하고 싶었다. 하지만 암기력이 딸려서 대본을 제대로 외우지 못할 거다. 나는 고개를 세차게 저으며 싫다는 뜻을 분명히 드러냈다. 나와 눈이 마주친 선생님은 빙그레 웃었다.

"잘할 수 있을 거야. 자신감을 가지렴."

내가 평소엔 정말 좋아하는 우리 선생님. 하지만 지금은 정말 눈치 없는 선생님이란 생각이 든다. 내가 연기에 '연' 자도 모른다는 걸 아셔야 하는데. 아이들이 흘겨보거나 한숨을 쉬는데도 선생님은 여전히 나만 본다.

이 상황을 벗어나려면 나보다 훨씬 연기를 잘하는 사람을 추천하면 되겠지. 생각하고 말 것도 없이 당연히 성규가 떠올랐다.

"연기는 해 봤던 사람이 잘할 것 같은데, 이성규가 어떨까요?"

선생님이 내 이름을 불렀을 때 감돌았던 싸늘한 분위기가 금방 녹았다. 아이들은 고개를 끄덕이며 밝은 표정을 지었다. 위기는 피한 것 같았지만 상반된 반응은 씁쓸했다.

"아, 그래! 성규가 있었지! 그럼 성규랑 여름이 말고 누구 더 없니?"

맙소사! 한 명만 나가는 건 줄 알았는데 그게 아니었나 보다. 선생님은 포기하지 않고 여전히 내 이름을 불렀다. 지난번에 연기하듯 교과서를 읽은 것이 이런 결과를 불러올 줄이야. 그때 선생님이 그렇게 좋아하더니만, 오늘 이런 불상사가 생겼다.

아이들을 둘러보며 눈치를 살피던 미영이가 주뼛주뼛 손을 들었다. 그러자 짝인 최현준도 덩달아 손을 들었다.

"그래, 김미영, 최현준. 또 누구 없니? 마지막 한 명 남았는데."

선생님이 쇼핑 호스트처럼 마감이 임박했음을 알렸다. 그때 한 아이가 불쑥 말했다.

"수민이를 추천합니다!"

그러자 모두들 고개를 끄덕이며 수민이라면 연극도 당연히 잘할 거라고 맞장구쳤다.

"그러면 마지막 지원자는 수민이로 결정한다."

옆을 보니 수민이가 약간 찡그린 채 낮은 한숨을 내쉬었다. 미영이는 나를 힐끔 돌아보더니 뒷자리 아이에게 귓속말을 했다. 무슨 얘기인지는 정확히 몰라도 좋지 않은 소리를 할 게 분명하다.

미영이는 1학년 때 수정이 문제집을 훔친 적이 있었다. 모두들 아무 일 없었다는 듯 미영이를 대하지만 나는 그때 일을 잊을 수가 없다. 그때 범인을 찾아낸 게 나였으니까.

수정이 문제집은 다른 아이들이 보는 거랑 달리 약간 수준이 높다.

그런데 미영이 책상 위에 똑같은 문제집이 있었다. 의심스러워서 문제집을 살펴봤다. 이름이 적혀 있던 책배 부분이 빈틈없이 까맣게 칠해져 있었다. 이 부분을 살짝 비틀어 보면 어떨까? 책배를 오른쪽으로 살짝 비틀어 그 바탕에 무슨 글자가 쓰여 있나 살폈다. 워낙 까맣게 칠해서 티가 나지 않았다. 그렇다면 반대로 비틀어 볼까? 슬쩍 왼쪽으로 비틀어 보았다. 설핏 파란색 볼펜으로 적어 둔 '강수정'이란 이름이 드러났다.

곧바로 나는 문제집을 들고 미영이에게 찾아가 따졌다. 미영이는 뻔뻔하게 자기는 모르는 일이라고, 누군가 책상 위에 놓고 간 것 같다고 발뺌을 했다. 그때 김미영이란 이름이 붙은 볼펜이 문제집 사이에서 굴러떨어졌는데도 끝까지 우겼다.

그 사건 이후로 지금까지 미영이는 나를 싫어한다. 늘 나에 대해 나쁜 말을 하고 돌아다니는 걸 알지만 난 일일이 변명할 필요는 못 느낀다. 나한테 물어보지도 않고 미영이가 하는 말을 무조건 믿는 멍청이들이 어떤 오해를 하건 말건 관심 없다. 어차피 그러다 말 거니까.

올해 우리 학교가 도전장을 내민 작품은 〈그리스〉. 정확하게 말하면, 연극이 아니라 뮤지컬이다. 이번 연극제에는 뮤지컬로도 출전할 수 있다고 하여 강수를 둔 것이다. 고만고만한 연극 작품보다는 뮤지컬이 활기 넘치고 풋풋해서 눈에 띈다는 것이 그 이유였다. 연기만으로도 골치가 아픈데 노래에 춤까지. 수민이와 나는 동시에 한숨을 내쉬었다.

"왜? 재미있을 것 같지 않아?"

수정이는 아주 기대에 찬 표정이다.

오디션 지원자들이 모인 체육관에 들어섰을 때 수정이를 보고 반가운 한편 놀랐다. 당연히 추천을 받고 억지로 왔을 거라고 여겼는데, 그게 아니었다. 수정이는 연극을 하고 싶어서 직접 손을 들고 가위바위보까지 해서 여기에 왔다. 가위바위보에서 질까 봐 조마조마했다던 수정이 말에 나는 어안이 벙벙했다. 배역을 맡기 위해 몸을 풀고 목소리를 가다듬는 수정이 모습이 낯설게 느껴졌다.

"대충 하면 떨어질 거야."

수민이가 마지막 희망이라도 잡은 것처럼 속삭였다. 하긴 배역은 한정되어 있고 지원자는 많으니까.

여학생이 맡을 배역은 일곱이었고, 남학생이 맡을 배역은 여섯이었다. 체육관에 모인 마흔다섯 명 중 스무 명만이 오늘 오디션에서 선발될 것이다. 게다가 그 스무 명 또한 차후의 오디션을 거쳐 열세 명만이 작품에 출연하게 될 터였다. 고민하고 잠시나마 속을 끓였던 것이 바보 같았다. 어차피 못하면 떨어지는 거였다.

심사 위원은 베토벤의 곱슬머리만 닮은 음악 선생님과 단아한 자태의 우리 담임 선생님, 그리고 고릴라를 닮은 체육 선생님. 이 세 선생님이 앞으로 연기와 노래, 춤을 지도해 준다고 했다. 오디션은 노래나 춤, 연기 중 가장 자신 있는 것 하나를 선생님들 앞에서 보여 주는 방식으로 진행되었다.

체육관에 모인 아이들은 저마다 들뜬 표정으로 목소리를 가다듬었다. 나랑 수민이만 뚱한 표정으로 한쪽 구석에 서서 순서를 기다렸다.

드디어 내 차례가 되어 성큼성큼 선생님들 앞으로 걸어갔다.

"제가 암기를 잘 못해서요, 대본 외울 자신이 없다는 걸 미리 말씀드립니다. 나왔으니 노래 한 곡 하겠습니다."

내 말이 끝나기 무섭게 우리 선생님이, "훗!" 하고 웃음을 터트렸다.

나는 선생님이 웃음을 거둘 때까지 기다렸다. 노래를 시작했다. 떨어지고 싶어서 상큼함과 거리가 먼 노래를 골랐다. 대충 몸을 흔들며 부른 노래는 엄마의 애창곡인 〈찰랑찰랑〉.

심사 위원 선생님들이 웃음을 참느라고 서로 마주 보고 킥킥거렸다. 처음엔 건성으로 시작했는데 뒤에 가서는 나도 모르게 흥이 올랐다. 고개를 까닥이고 손을 흔들며 신 나게 노래를 불렀다.

이윽고 노래를 다 부르고 돌아 나오다 다음 순서인 성규와 스쳤다. 성규는 걸어가며 입술을 깨물고 나를 노려봤다. 억지로 연기하게 된 것을 원망하는 눈빛이었다. 내가 성규 이름을 대지만 않았어도 성규는 여기 안 왔을 텐데. 아무래도 잘못 말한 것 같았다.

성규는 막상 선생님들 앞에 서자 싫은 내색 없이 온화한 자세를 취했다. 선생님들은 기대에 찬 표정을 지었다. 오디션에 참가한 학생들도 기대 가득한 얼굴을 했다. 호흡을 가다듬은 성규는 자신이 출연했던 드라마 중 한 작품의 대사를 연기했다. 엄마와 봤던 드라마였다. 몇 년이 지나도 대사를 외울 수 있다니. 거기다 녀석의 연기는 다른 친구들의 연기와는 차원이 달랐다. 연기를 끝내고 돌아서는 지원자에게 박수가 쏟아진 것은 성규가 처음. 학생들은 손바닥이 얼얼해지도록 손뼉을 쳤다. 하지만 성규의 표정은 여전히 좋지 않았다.

수정이는 차츰 제 순서가 다가오자 내 손을 꼭 잡고 떨린다고 했다. 늘 뭐든지 잘하는 수정이가 긴장하는 모습은 처음이었다. 선생님들 앞에 가서도 수정이는 약간 떨었다. 하지만 곧 그 누구보다 귀엽고 사랑스럽게 노래를 불렀다.

공교롭게 다음 순서는 수정이 쌍둥이 오빠인 강수민. 무표정하게 선생님들 앞으로 다가가더니 꾸벅 고개를 숙였다. 잠시 아무것도 하지 않고 망설이던 수민이가 나를 돌아봤다. 나는 "아자!" 하고 소리 내어 응원을 보냈다. 곧 수민이가 노래를 시작했다. 내가 좋아하는 남자 그룹의 노래였다. 만날 나한테 남자 그룹의 노래만 듣는다고 핀잔을 주더니, 뜻밖에 노래를 불렀다. 강당에 모여 있던 여학생들이 연예인이라도 본 것처럼 소리를 질렀다.

이렇게 저렇게 각자의 개성을 뽐내며 오디션이 끝났다. 나는 체육관을 벗어나는 순간 기분이 좋아졌다. 노래와 연기를 잘하는 학생들이 많아서 탈락할 것 같았다. 콧노래가 저절로 나왔다. 그때 침울한 표정으로 걷고 있는 성규가 보였다. 저런 표정을 지을 거면 오디션을 망칠 일이지. 왜 그렇게 열심히 연기하고 축 늘어져 걷는지 모르겠다.

"전학생 이상해."

수정이가 고개를 쭉 빼고 주변을 살폈다.

"왜? 연기 잘하던데?"

다들 이성규가 연기를 잘한다고 생각한다. 아역 배우 출신의 성규가 실제로 눈앞에서 멋들어진 연기를 선보이니 아이들은 신기해하면서 연신 감탄했다. 왜 성규는 뮤지컬에 출연하기 싫다는 표정을 짓는지 모르겠다.

"있지, 성규는 뮤지컬 싫어하나 봐."

수정이랑 같이 집으로 돌아가는 길에 내가 성규 얘기를 꺼냈다.

"설마?"

두 눈이 동그래진 수정이가 자전거를 멈춰 세웠다.

"사실은, 선생님이 나보고 연기를 하라잖아. 그래서 빠질 셈으로 아역 배우였던 성규 이름을 댔거든. 그랬더니 성규가 나를 잡아먹을 듯 노려보더라."

수정이는 미간을 찡그리고 고개를 갸웃했다. 나는 성규에게 직접 들은 건 아니었지만, 성규가 뮤지컬을 싫어할 거라고 확신하며 목소리를 약간 낮춰 말했다.

"연기도 잘하면서, 왜 뮤지컬이 싫을까? 좀 수상하지?"

"휴, 여름 양, 넌 너무 수상한 것에 관심이 많아. 공포 영화 보면 그런 애들이 제일 먼저 당하는 거 알지?"

"난 네가 있잖아."

헛웃음과 함께 수정이가 "어이구!" 하며 내 팔을 가볍게 쳤다.

길게 늘어선 아파트 단지를 벗어나면 우리 동네가 보인다. 마을 어귀 슈퍼를 시작으로 살짝 비탈진 길을 내려가면서 동네가 시작된다. 단독 주택이 군데군데 모여 있어 집과 집의 거리는 물론 집 모양까지 제각각이다. 아파트 단지처럼 정리된 느낌은 없지만 따뜻한 느낌이 들어서 나는 우리 동네가 좋다.

수정이랑 나는 우리 집을 지나쳐서 수정이네 집 앞에 멈췄다. 텃밭이 길게 늘어서 있는 우리 집과 다르게 수정이네 집은 대문부터 있어 보인다. 경비업체의 보호를 받고 있다는 마크가 대문 옆에 붙어 있고, 넓은 정원은 긴 담으로 둘러싸여 있다. 우리 집 잔디는 손질을 안 해서 잔디 사이사이에서 잡풀이 머리를 드밀고 자라는데, 수정이네 정원에는 잡풀 한 포기 없다. 정원을 걸어가면 이층집이 나온다.

집 안으로 들어가면 드라마에서나 봤던 벽난로가 눈에 띈다. 처음 수정이네 왔을 때는 그게 너무 신기해서 벽난로에다 고구마를 구워 먹을 수 있냐고 물었던 기억이 있다.

나는 수정이를 따라 처음 봤을 때처럼 늘 새것같이 깨끗한 벽난로를 지나, 2층으로 올라갔다. 방으로 들어간 수정이는 바로 컴퓨터를 켰다.

"사람들이 왜 자살을 하는 걸까?"

인터넷 기사를 읽던 수정이가 한숨을 쉬었다.

죽을 만큼 힘들다는 건 어떤 느낌일까? 힘들어도 일단 버티면 그 뒤에 어떤 일이 벌어질지 아무도 모른다. 갑자기 죽어 버리면 스무 살도, 서른 살도, 마흔 살도 없어지는 것이다.

나는 나도 모르게 격양된 말투가 되었다.

"그런 건 알고 싶지 않아!"

"그래. 나름 이유가 있겠지. 친구가 있었다면 좋았을 텐데."

수정이의 뒷모습이 쓸쓸해 보였다.

의자를 빼고 일어난 수정이가 책꽂이로 향했다. 뭔가를 찾는 듯 책을 뒤적거리다 손을 멈췄다. 수정이가 나에게 건네준 책에는 런던과 뉴욕의 스타일이 정리되어 있었다. 사진 속 사람들은 다 비슷한 자세로 서 있었지만 스타일과 외모는 모두 달랐다.

"나 주는 거?"

가볍게 고개를 끄덕인 수정이가 엄지와 검지를 동그랗게 붙여 오케이 표시를 했다. 나는 책장을 넘기다 문득 거기 사람들은 모두가 다 이렇게 스타일이 좋은지 궁금해서 물었다.

"런던 사람들은 다 이렇게 예뻐?"

"예쁜 사람 많지. 그래서 우리 아버지가 안 오고 있잖아."

"에이, 무슨 소리야?"

"애라도 숨겨 놨는지, 그 사람이 런던에서 집에 올 생각을 안 하네."

수정이는 덤덤하게 아버지 이야기를 했고, 나는 아무렇지 않은 척 들었다. 1년에 몇 번씩 듣게 되는 수정이네 아버지의 이야기. 좋은 소리는 한 번도 없었다.

손목을 만지작거리던 수정이가 말했다.

"빨리 헌혈할 수 있는 나이가 되면 좋겠다."

"그러다 너 뱀파이어처럼 허옇게 질리면 어떻게 하려고? 넌 지금도 너무 하얘."

"내가 너 때문에 웃는다. 헌혈은 오히려 건강에 좋대."

사진을 찍으며 전 세계를 도는 수정이네 아버지는 유명한 사진작가다. 그래서 집에 계신 시간이 거의 없다. 다른 건 몰라도 텔레비전에 나올 만큼 유명한 아빠가 자랑스러울 법도 한데, 수정이는 늘 아버지를 부끄러워했다. 누가 아버지 직업을 물어보면 평범한 회사원이라고 대답하거나, 아주 가끔은 아버지가 안 계신다고 대답할 때도 있었다.

"나 내일 영국에 체험 학습 가. 뭘 체험한다는 건지……. 바람난 아버지 잡으러 가는 거 뻔히 다 아는데."

한숨을 내쉰 수정이가 고개를 숙였다. 그리고 나직한 소리로 말했다.

"내 몸에서 아버지 피를 뽑아내고 싶어. 나쁜 피라도 헌혈하면 좋은 일이니까. 괜찮겠지?"

"당연히 괜찮지. 그런데 우리 동네는 헌혈 종류가 다르다고 하더라.

아빠가 친구 결혼식 갔다가 헌혈하러 갔는데 말라리아 지역이라고 뭐 이상한 거 했대.”

“아빠 친구가 결혼하셨어?”

깜짝 놀라 질문하는 수정이 때문에 나도 덩달아 놀랐다.

“아니! 아빠 친구 말고 아빠 친구 딸!”

두 볼을 감싸 쥔 수정이가 “풉!” 하고 웃음을 터트렸다.

“히! 웃었다. 수정이 너 웃었지?”

현관문 열리는 소리에 거실로 내려가니 수정이네 어머니가 휴대 전화를 받으며 들어왔다. 어깨에 닿는 단발머리, 말랐지만 볼륨 있는 몸매, 나이를 가늠할 수 없는 탱탱한 피부, 무엇보다 패션 감각이 돋보이는 아주머니의 직업은 교수다.

“민희랑 아들만 왔어. 응, 그래. 우리 애들하고 동갑. 알겠어. 내가 또 전화할게.”

휴대 전화를 가방에 넣은 아주머니가 우리 쪽으로 걸어왔다. 아주머니를 따라 향수 냄새가 은은하게 퍼졌다.

“여름아, 왜 이렇게 뜸했니? 아줌마가 기다렸는데.”

“여름이가 엄마 친구야? 내 친구거든.”

“밉살맞게. 이러기야, 강수정!”

아주머니가 수정이 볼을 꼬집었다.

사실 나는 거의 매일 왔지만 아주머니가 바빠서 서로 보지 못한 거였다. 근질거리는 입을 꽉 다물고 슬쩍 수정이 눈치를 봤다. 수정이는 입술을 앙다문 채 불만 가득한 표정으로 서 있었다. 아주머니는 그 모습을 못 본 척하고 부엌으로 들어갔다.

잠시 후 아주머니가 우리 앞에 내려놓은 접시에는 집에서 직접 구운 쿠키가 가지런하게 놓여 있었다.

"오늘 누가 전학 왔지?"

"어떻게 아세요?"

"아줌마 친구 아들이야. 친하게 지내렴."

나를 끌어당긴 수정이가 까칠한 말투로 말했다.

"여름이는 내 친구거든요. 어머니는 아버지랑 노세요."

순간 아주머니의 얼굴에 그늘이 드리워졌다. 하지만 곧 장난스러운 표정을 지으며 우리 볼을 동시에 꼬집었다.

"요것들이 어디서 벌써부터 편을 가르고 있어?"

어둠이 완전히 내려앉고 나서야 수정이네 집을 나왔다. 이 시간이 한밤보다 오히려 더 어둡게 느껴진다. 눈이 어둠에 익숙해지도록 조심조심 집으로 향했다.

"쌍둥이네 갔다 오니?"

캄캄한 밭에서 엄마의 목소리가 들렸다. 나는 눈을 깜빡이며 엄마를 찾았다.

"숙제하고 왔지. 엄마, 캄캄한데 뭐가 보여?"

"그래서 이제 들어가려고. 같이 숙제한 거 맞지? 수정이 숙제 베낀 거 아니지?"

"나도 자존심이 있다고."

"하긴 누구네 집 딸내미인데!"

엄마가 다가올수록 흙냄새가 진하게 났다. 그 냄새는 계절이 바뀔 때마다 자라는 제철 채소처럼 조금씩 달랐다. 수정이네 어머니에게서 나는 향수 냄새도 나쁘지 않지만, 역시 우리 엄마에게서 나는 계절 냄새가 좋다. 아무리 맡아도 질리지 않고 마음이 편해지니까.

전날 머리한 티가 팍팍 나는 담임 선생님이 교실로 들어왔다. 생글생글 웃으며 약간 들뜬 표정으로 우리를 쭉 훑어봤다.

"오늘 뮤지컬 배우 후보가 확정됐다. 성규, 수민이, 여름이랑 미영이 앞으로 나오렴."

등에서 식은땀이 났다. 분명히 대충 하면 떨어질 거라고 생각했는데, 이게 무슨 날벼락이지?

교탁 앞으로 걸어 나가려고 몸을 일으킨 성규가 살짝 고개를 돌려 나를 잡아먹을 듯 노려봤다. 나는 얼른 그 눈길을 피해 앞으로 걸어갔다. 수민이가 내 뒤로 따라 나오는 게 느껴졌다.

"뮤지컬 후보는 모두 스무 명이야. 우리 반에서 후보가 네 명이나 나오다니. 자랑스럽구나."

절망이 파도를 친다면 바로 이런 느낌일 거다. 등줄기가 오싹하고 식은땀이 나고 머리가 어지러웠다. 차마 성규 쪽으로는 고개를 돌릴 수 없어 바닥만 내려다봤다. 성규는 신경질적으로 다리를 떨었다. 성규의 파란 운동화가 냉랭한 기분을 드러내는 것 같았다. 운동화를 보고도 미안한 느낌이 들어야 하다니. 그렇게 싫으면 연기를 못하든가. 누가 잘하라고 했나? 내가 왜 죄지은 사람처럼 고개를 숙여야 하지? 울컥해서 빳빳하게 고개를 들었다. 슬쩍 쳐다보니 성규는 아이들을 향해 씩 웃고 있었다. 저 아이는 정말 연기의 달인이다. 그런데 다리는 거짓말을 못하나 보다. 여전히 다리를 신경질적으로 떨고 있었다.

그나마 후보라는 말이 조금 위안이 된다. 꼭 뮤지컬을 하게 된다는 건 아니니까.

"공부도 중요하지만 이번 뮤지컬도 좋은 경험이 될 거야. 수업에 지장 없이 열심히 해야 한다."

선생님이 당부하듯 말씀하셨다.

우리는 아이들을 향해 고개를 숙였다. 모두 손뼉을 치는데 현준이만 입을 삐쭉거리며 팔짱을 꼈다.

수업이 끝나고 체육관으로 가는 길. 바람이 세게 불어서 운동장 모래가 자꾸 눈으로 들어왔다. 여름을 나고 이제 색이 바랠 일만 남은 플라타너스 잎이 바닥에 나뒹굴었다. 그 나뭇잎을 신경질적으로 밟으며 따라오는 파란 운동화. 성규는 나를 노려보며 거칠게 한숨을 내쉬었다. 입술을 깨물며 굳이 내 옆에 나란히 서서 걷기까지. '나 지금 기분이 나쁘다. 알아서 해라.' 식의 태도에 슬쩍 화가 치밀었다.

나는 일부러 수민이 곁에 바싹 붙어서 속도를 높였다. 그랬더니 성규는 보란 듯 나와 보폭을 맞췄다. 나에게 성을 내며 제 몸에 부딪혀 떨어지는 플라타너스 잎을 파란 운동화로 질끈 밟으며 걸었다.

체육관 안은 이미 뮤지컬 연습을 하는 학생들로 붐볐다. 그중에서 유독 한 학생이 눈에 띄었다. 눈동자에서 반짝이는 서클렌즈 때문에 수민이에게 고백한 아이란 걸 알았다.

먼저 와 있던 수정이가 달려와 수민이의 어깨를 툭 쳤다.

"오, 강수민! 어떻게 붙었네?"

"쌍둥이도 오빠 동생은 분명히 있는 거다. 넌 동생. 난 오빠."

수민이가 짜증을 냈다. 수정이는 기분이 좋은지 그냥 씩 웃어넘겼다.

"셋이서 함께하는 게 어디야? 신 나고 재미있게, 응?"

내가 수민이의 옆구리를 쿡쿡 찌르며 눈을 마주 봤다. 마지못해서 수민이가 고개를 끄덕였다.

갑자기 향수 냄새가 진동해서 고개를 돌렸다. 냄새가 나는 쪽에 1학년 이슬이가 서 있었다. 우리 앞으로 걸어온 이슬이는 3초쯤 뜸을 들였다.

"수민 오빠, 꼭 남자 주인공이 되어 주세요."

어찌나 다정하게 말하는지. 누가 보면 무슨 사이라도 되는 것 같은 말투였다.

짜증을 참고 있는 수민이의 얼굴에 어두운 기색이 비쳤다. 눈치 없는 이슬이는 술술 말을 이었다.

"그럼 같이 연기할 수 있을 테니까요."

저런 자신감은 어디서 살 수 있지? 여자 주인공이 이미 자신으로 내정된 것 같은 당당한 모습이 놀라웠다.

"내가 너보다 먼저 태어난 건 알겠거든. 그런데 너한테 오빠 소리는 듣고 싶지 않다."

냉기가 쌩쌩 도는 수민이의 말에 수정이와 내가 동시에 놀란 토끼눈을 했다.

"피도 안 섞인 남한테, 오빠 소리 듣기가 좀 거북하네."

얼굴이 새빨갛게 달아오른 이슬이는 곧 울 것 같은 얼굴로 도망치듯 친구들 쪽으로 달려갔다.

"뒷감당을 어떻게 하려고 그래?"

걱정스러운 듯 묻는 수정이에게 수민이는 무뚝뚝하게 대답했다.

"몰라."

뒤통수가 따가워서 돌아보니 성규가 우리를 보고 있었다.

수정이랑 수민이는 비슷하면서도 다르다. 둘 다 집에서나 내 앞에서는 솔직한데, 수민이는 학교에서만 솔직하다. 학생 강수정은 싫은 게 있어도 그냥 참아 넘긴다. 나쁘게 엮여서 좋을 게 없기 때문이란다. 그래서 수민이와 내가 욱할 때면 수정이가 기를 쓰고 말린다. 그래 봐야 좋을 게 없다는 말이다. 하지만 말도 안 되는 상황에서 참아 넘기기란 쉽지가 않다.

친구들에게 둘러싸여 훌쩍이는 김이슬. 도대체 무슨 말을 했다고 울기까지 하는지. 영 마음에 안 든다. 한마디 하려다가 수정이와 눈이 딱 마주쳤다. 고개를 저으며 절대 나서면 안 된다고 수정이가 눈치를 줬다. 입술을 꽉 깨물고 참았다.

셋

혼자서 자전거를 타고 달리면 늘 가던 길이 낯설 때가 있다. 평소에 놓치고 지나갔던 것이 보이기 때문이다. 눈이 아플 만큼 진했던 녹색이 어느새 제각각 다른 색으로 물드는 풍경. 감상에 젖어 이어폰을 타고 흘러나오는 노래를 따라 불렀다.

횡단보도 앞에 서서 신호를 기다리며 계속 노래를 흥얼거렸다. 주변에 아무도 없어서 안심하고 흥겹게 클라이맥스까지 불렀다. 손을 가볍게 흔들며 리듬을 실어 고개를 까딱까딱. 그러다 기분이 좋아져 도리도리까지 했다. 그 순간 파란 운동화가 보였다. 황당한 표정으로 나를 보고 있는 이성규. 흠칫 놀라서 나도 모르게 뒤로 물러났다. 인기척이 느껴지지 않았는데 도대체 언제부터 있었던 건지. 미간을 찌푸리며 성규가 고개를 저었다. 나는 창피했지만 말을 걸어 보려고 일부러 씩씩하게 인사를 했다.

"안녕!"

분명히 들었으면서 성규는 딴청을 피웠다. 조금 더 가까이 다가가서 다시 인사를 했다.

"안녕!"

나를 힐끔 쳐다본 성규는 재빠르게 횡단보도를 건넜다. 아무리 친하지 않더라도 인사를 두 번이나 받아 놓고 싹 무시하다니. 당황한 사이 신호등에 빨간불이 들어왔다. 나는 다시 신호가 바뀌자마자 있는 힘껏 페달을 밟았다. 자전거 덕분에 언덕을 넘어서 아래로 걸어가는 성규를 손쉽게 따라잡았다.

"야! 나 때문에 화나는 일 있냐?"

"기분 나쁘니까 알은척 말아 줄래."

텔레비전에서 들었던 익숙한 목소리에 현실감이 떨어지는 직설적인 대답. 이제 겨우 며칠 본 사람한테 알은척 말아 달라니. 내가 뭘 얼마나 잘못했다고 저런 말을 하는 걸까? 뭐라고 대답해야 하는데 아무 말도 떠오르지 않았다. 그냥 미안하다고 사과를 할까, 그런 일로 남자가 속 좁게 군다고 화를 낼까. 갈피를 잡을 수가 없었다. 고민하는 사이 성규는 학교 안으로 사라져 버렸다. 싫으면 계속 싫든가. 선생님들 앞에서는 웃으며 연습하더니만 나한테만 화를 낸다.

나는 욱하고 치미는 성질을 죽이고 복도를 빠르게 걸었다.

"여름아, 가방 두고 교무실로 올래?"

복도에서 마주친 담임 선생님이 나를 불렀다. 선생님은 하얀 얼굴과 잘 어울리는 보라색 스카프를 하고 있었다.

나는 고개를 숙여 "네." 하고 대답한 뒤 교실로 들어갔다. 전학 온 지 1주일이 지났는데도 성규 주변에는 여전히 많은 학생이 모여 있었다.

내가 자리에 앉자 성규가 벌떡 일어났다. 그리고 냉랭한 표정으로 나를 쏘아보았다.

"왜 그렇게 봐? 사람 처음 보냐?"

차라리 화를 내면서 말을 하면 대꾸라도 하지. 말없이 쏘아보기만 하는 태도가 기분 나빠 한마디 했다.

"뭘 믿고 그렇게 씩씩하냐?"

비꼬듯 말하는 성규의 대답에 지지 않고 대꾸했다.

"믿는 구석 많다. 어쩔래?"

의자를 빼고 자리에서 일어난 성규가 흘리듯, "스파이 맞나 보네."라고 했다. 그 말을 받아칠 틈도 없이 성규가 교실을 빠져나갔다. 모여 있던 아이들 중 몇몇이 그 뒤를 따랐다. 주변에 남아 있던 학생들은 나를 힐끔거리며 흩어졌다. 다들 자리로 돌아가서도 계속 나를 힐끔거렸다. 찝찝한 기분이 들었지만 선생님이 교무실로 오라고 했기 때문에 일단 교실을 빠져나왔다.

담임 선생님 옆에 체육 선생님이 서 있었다. 체육은 뭔가를 열심히 말하며 매우 친절한 표정을 지었다. 체육한테 인사를 하기 싫어서 문 앞에서 머뭇거리는데 나를 본 담임 선생님이 손짓을 했다. 체육이 다른 자리로 가기를 바라며 일부러 천천히 선생님을 향해 걸어갔다. 체육은 나를 쳐다보다가 담임 선생님이 뭐라고 말하자 자리로 돌아갔다. 자리로 돌아가서도 체육은 나를 힐끔거렸다. 하지만 나는 끝까지 인사를 하지 않았다.

간이 의자를 빼 준 담임 선생님과 나는 마주 보고 앉았다.

"이번 쪽지 시험 때문에 선생님이 할 말이 있어."

선생님이 책상 서랍에서 내 시험지를 꺼내 내밀었다.

"여기 이 문제에 답을 적은 것 같은데, 맞니?"

주관식 문제를 가리키며 선생님이 물었다. 나는 고개를 끄덕이며 "네." 하고 대답했다.

"선생님도 그렇게 생각했는데, 글씨가 엉망이라."

내가 쓴 글씨인데도 무슨 글씨인지 알아보기 힘들었다.

"다른 애들한테 물어봤더니 모르겠다고 하더라. 그래서 어쩔 수 없이 이건 정답으로 처리하지 못할 것 같다."

평소 이렇게까지 글씨를 엉망으로 쓰지는 않는데, 시험 볼 때 마음이 급했던 모양이다. 도무지 알아볼 수 없는 개발새발이었다.

"여름아, 글씨를 꼭 예쁘게 써야 하는 건 아니야. 그렇지만 적어도 다른 사람이 알아보게는 써야 해. 앞으로는 글씨를 알아보기 쉽게 쓰도록 노력하자."

"죄송해요."

"죄송하긴. 이해해 줘서 고마워."

빙그레 웃는 선생님을 보니 덩달아 웃음이 나왔다.

글씨를 잘못 써서 오답 처리된 건 분명히 내 탓이다. 그것에 오해가 생기지 않도록 세심하게 배려해 주는 우리 선생님이 정말 좋다. 이럴 때 수정이나 수민이가 있었다면 바로 달려가서 선생님 자랑을 했을 텐데.

1주일 동안 쌍둥이가 영국으로 체험 학습을 가서 달려갈 곳이 없다. 딱히 다른 아이들과 문제가 있는 건 아니지만 늘 약간의 거리감이 느껴진다. 사실 2학기나 되었는데 우리 반 아이들 이름도 다 외우지 못했다. 이름은 물론 별명까지 알고, 반 아이들 모두와 두루두루 친하게 지내는 아이들이 대단해 보인다.

교실 문을 여는데 평소와 분위기가 달랐다. 마치 선생님이 들어왔을 때처럼 다들 조용히 책을 펼쳤다. 서늘한 분위기에 눌려 조심스럽게 자리로 가서 수업 준비를 했다.

쉬는 시간마다 아이들은 계속 나를 힐끔거렸다. 왜 그러는지 모르겠지만 당황스러워서 어떤 말도 할 수 없었다. 시간은 정신없이 흘러갔다. 아이들 눈치를 보느라 수업이고 뭐고 눈에 들어오지 않았다.

"밥 같이 먹을 사람 없지?"

자리에서 일어난 성규가 흘리듯 말했다. 아침부터 들릴 듯 말 듯 깐죽거리는 것이 영 거슬렸다. 그러고 보니 벌써 점심시간.

"누가 너랑 먹겠냐."

나를 내려다보는 표정이 너무 기분 나빠서 또 욱하고 말았다.

"같이 밥 먹을 친구가 있는지 없는지, 네가 어떻게 알아?"

"지금 봐 봐."

둘러보니 모두가 급식소로 가서 교실이 썰렁했다.

"분위기 파악 좀 해라."

교실을 빠져나가던 성규가 똑똑히 들릴 만큼 큰 소리로 말했다.

분위기 파악을 하라니. 그럼 오늘 이상하게 썰렁한 교실 분위기가 내 탓이라는 건가? 늘 수정이랑 밥을 먹어서 다른 사람과 함께 먹어야 한다는 생각을 하지 못했다. 수정이가 없으면 점심을 함께 먹어 줄 친구가 없다니. 갑자기 내가 너무 한심하게 느껴졌다.

한심한 것도 잠시. 너무 배가 고팠다.

일단 급식소로 가서 식판을 들었다. 우리 반 학생들이 보였다. 어느 자리로 가서 앉을지 둘러봤다. 다들 내 눈을 피했다.

내 눈을 피하는 아이들 사이에서 나를 빤히 쳐다보는 아이가 하나 있었다. 한쪽 입꼬리를 올리며 비웃고 있는 성규. 욱하고 치밀어 올라서 식판을 들고 그쪽으로 성큼성큼 걸어갔다. 식판을 녀석 앞에 내려놓고 의자를 빼서 앉았다. 함께 밥을 먹고 있던 현준이와 미영이가 당황했다. 특히 미영이는 노골적으로 싫은 티를 내며 입술을 삐죽거렸다.

나는 보란 듯 밥을 한 숟가락 크게 떠서 입에 넣었다. 반찬도 크게 집어 우걱우걱 씹었다. 맛이 느껴지지 않아도 열심히 먹었다. 밥이 식도를 따라 위로 내려가야 하는데, 미영이가 입술을 삐죽거리는 통에 속에서 얹히는 느낌이었다. 성규는 어깨를 으쓱하며 나를 쳐다봤다. 보란 듯 씩씩하게 식판을 비웠다. 가만히 나를 지켜보던 성규와 똑바로 눈을 맞추며 자리에서 일어났다. 아직 입 안에 남았던 밥을 씹어 삼켰다. 그리고 글자 하나하나에 힘을 줘서 말했다.

"같이 먹어 줘서 고맙다."

혹시 소화가 되지 않을까 봐 급식소를 벗어나기 전에 물을 두세 컵 따라 마셨다.

"어떻게 너 같은 애가 후보로 남았을까?"

뮤지컬 연습을 하려고 체육관에 서 있는데 미영이가 다가왔다.

"내가 못하긴 해. 너나 성규같이 가식적이고 가증스러운 애들이 연기를 잘하긴 하지. 그래서 뭐? 어쩔 건데?"

"분위기 파악 좀 해. 너 이렇게 당당하게 말할 처지 아니거든."

거들먹거리는 미영이의 말투가 너무 거슬렸다. 약이 올라서 일부러 미영이의 아킬레스건을 건드렸다.

"왜, 이번에는 내 당당함을 훔치지 그러니? 아, 이건 훔칠 수 없는 건가?"

새빨갛게 얼굴이 달아오른 미영이가 나를 노려봤다. 속이 후련했다.

뮤지컬에 나갈 학생들이 모두 모이자 단상으로 올라간 담임 선생님이 뮤지컬 줄거리를 짧게 설명했다. 더불어 대회 날짜에 맞춰 대본을 수정했기 때문에 대사가 많지 않으니 겁먹지 않아도 된다고 덧붙였다.

나는 대본을 받아 들고 펼쳐서 훑어봤다. 전학생 소녀 샌디와 인기 많은 반항아 대니의 풋풋한 사랑 이야기가 재미있어 보였다. 그런데 나한테 어울리는 캐릭터가 없었다. 참한 주인공 역도, 애교 만점 귀여운 역도, 터프하고 섹시한 역도 모두 나에게 어울리지 않았다.

"남학생들은 이쪽으로 모이세요."

곱슬머리 음악 선생님이 바리톤 목소리로 남학생들을 불렀다.

"가수를 꿈꾸는 두디 역을 정할 겁니다. 자신 있는 노래를 한 곡씩 준비하세요."

기대에 찬 남학생들이 웅성거렸다. 대부분 열심히 노래했지만 특별히 눈에 띄는 학생은 없었다. 초조한 표정의 음악 선생님이 성규가 나서자 기대하는 티를 냈다.

성규는 긴장한 표정으로 목소리를 가다듬고 노래를 시작했다. 처음 들어 보는 팝송이라 생소했지만 듣기는 괜찮았다. 제법 노래를 잘해서 구경하던 여학생들의 반응이 좋았다. 하지만 음악 선생님은 뭔가 아쉬운 표정을 지었다.

"높은 음으로 올라가는 노래 하나만 더 불러 보겠어요?"

음악 선생님의 요청에 따라 성규는 다시 노래를 불렀다. 그런데 소리를 한껏 끌어올려야 할 최고조 부분에 이르자 음정이 불안해졌다.

실망한 표정을 숨기지 못한 음악 선생님이 학생들 사이를 두리번거렸다.

"오늘 강수민 학생은 안 왔나요?"

음악 선생님이 심각한 표정을 지으며 담임 선생님을 불러서 귓속말을 했다.

"먼저 주인공 후보부터 결정하자."

담임 선생님이 가볍게 손뼉을 치며 흩어져 있던 남학생들을 모았다. 다른 배역은 후보 없이 마지막에 결정된다고 했다. 단 주인공만 후보가 있었다. 아이들은 내심 주인공이 되고 싶어 하는 눈치였다.

서로 경쟁할 것도 없이 남자 주인공 후보 1위는 모두가 예상했던 이성규. 그리고 뜻밖에 연기를 잘한 1학년 학생도 후보가 되었다. 1학년치고 키가 큰 그 아이는 배시시 웃는 모습이 귀여웠다.

"여학생들도 모여서 대본 연습을 해 봅시다."

음악 선생님이 여학생들을 모았다. 얼떨결에 내가 첫 번째 타자가 되었다. 아침부터 기분이 좋지 않아서 축 처진 상태로 선생님들 앞에 섰다. 대본을 대충 넘겨서 폈더니 남자 주인공에게 화를 내는 장면이 나왔다. 성규의 파란 운동화가 떠오르면서 욱하고 울화가 치밀었다. 그래서 국어 시간 때처럼 정신을 놓고 대본을 읽었다.

내 연기가 끝나자 담임 선생님이 엄지를 들어 올렸다. 연기라기보다는 그냥 화가 나는 일을 떠올리고 대본을 읽은 것뿐인데. 이 일 때문에 선생님의 오해가 더 깊어진 것 같았다. 연습할 때는 괜찮게 하는 아이들이 보여서 다들 잘할 줄 알았다. 그런데 내 뒤 순서부터 아이들이 줄줄이 더듬더듬 떨면서 대본을 읽었다. 딱 한 사람 이슬이만 그럴듯하게 대본을 읽었다. 연기를 잘한 것도 아닌데 나는 이슬이와 함께 여

주인공 후보가 되었다. 선생님들 앞에서 떨지 않았기 때문이었다.

내가 대본을 보고 여주인공 대사를 중얼중얼 연습하는데, 미영이가 못마땅한 표정으로 흘겨봤다. 내가 체육관을 빠져나올 때까지 계속 그런 표정을 짓고 있었다.

미영이는 체육관 밖에 서 있던 현준이를 보고는 쪼르르 달려가 투덜거렸다.

"짜증 나. 한여름이 여주인공 후보야. 다 담임 덕이지, 뭐. 담임 진짜 짜증 나!"

나더러 들으라는 듯 일부러 큰 소리로 말하는 미영이를 무시하고 자전거 보관소로 향했다.

"선배, 안녕하세요?"

깜짝 놀라 뒤를 돌아보니 뮤지컬 남자 주인공 후보인 1학년 학생이 서 있었다.

"어어……."

그냥 멋쩍게 대답하고 돌아서려는데 그 아이가 씩씩하게 물었다.

"제 이름 알고 있으세요?"

나는 고개를 저으며 저절로 미안한 표정을 지었다.

"최종현이라고 합니다."

종현이가 쑥스러운 듯 머리를 긁적이며 말했다.

"아, 내 이름은 한여름이야."

"알고 있어요. 수정 선배랑 친구죠?"

고개를 끄덕이며 종현이의 표정을 살폈다. 약간 들뜬 것 같은 분위기로 뭔가를 더 말하고 싶어 하는 눈빛이었다. 나는 수정이 이름이 나오자 장난기가 발동했다.

"너, 수정이 좋아하니?"

당황한 종현이가 잠시 머뭇거리다 주변을 두리번거렸다. 그러더니 기세 좋게 대답했다.

"그렇게 티 나요?"

당돌하고 씩씩해 호감이 가는 아이였다.

"수정이 부모님하고 영국으로 체험 학습 가서 학교 안 나와. 아마 목요일이나 금요일쯤 나올 것 같아. 이게 알고 싶었지?"

종현이는 해맑게 웃으며 고개를 끄덕였다.

학교가 끝나면 모두 학원으로 가는데 나는 집으로 간다. 그래서 쌍둥이랑 더 친하게 지내는 것이다. 쌍둥이는 종종 서울로 과외를 받으러 갈 때 빼고는 집에서 공부하니까.

엄마는 자꾸만 영어 학원에 다니라고 한다. 집에서도 공부를 안 하는데 학원에 간다고 뭐가 달라질까?

현관문을 열자 열무를 다듬고 있는 엄마가 보였다. 거실로 들어섰을 때는 뉴스에서 한 아이가 집단 따돌림을 견디지 못해 자살했다는 보도가 흘러나왔다. 텔레비전을 보던 엄마가 심각한 말투로 혼잣말을 했다.

"아이고, 어쩌나……."

다듬던 열무를 내려놓은 엄마가 혀를 찼다.

나는 문득 싸늘해진 우리 반 아이들 눈빛이 떠올랐다. 오늘이 지나면 괜찮아지겠지. 내일은 아무 일 없을 거다.

"왜 이렇게 늦었어?"

"뮤지컬 연습 있어서."

내 낯빛을 살피던 엄마는 걱정스레 물었다.

"어디 아파? 기운 없네?"

"연습하느라 그렇지."

나는 일부러 씩씩하게 대답했다.

텔레비전에서는 잇따라 학교 폭력에 관한 뉴스를 특집으로 내보냈다. 평범했던 학생이 학교 폭력으로 인해 죽음이라는 극단적인 선택을 하게 된 과정을 보여 주며 안타까움을 전했다. 피해 학생의 일기가 크게 부각되어 화면에 잡혔다. '세상에 나 혼자만 남겨진 기분이다.'라는 문구가 눈에 들어왔다.

"쯧쯧! 다 키워 놓은 자식 잃은 부모는 어쩐다니……."

담담하게 인터뷰를 하던 피해 학생의 부모가 오열했다. 그 모습을 보며 엄마는 공감하는 눈치였다.

나는 방으로 들어가서 바로 컴퓨터를 켰다. 검색창에 학교 폭력이라는 검색어를 넣고 기사를 찾아봤다. 우리나라 곳곳에서 상상도 못 할 일이 벌어지고 있었다. 너무 영화 같은 내용이 많아서 이게 정말 현실인지 꿈인지 의심이 들었다. 우리 학교에서 논다는 아이들은 술 마시고 담배 피우는 게 전부라고 하는데. 내가 모르는 사이에 우리 학교에서도 이런 일이 벌어지고 있는 건 아닐까?

그날 밤 불을 끄고 자리에 누웠지만, 뒤척거려도 이상하게 잠이 오지 않았다. 불을 끄고 바로는 아무것도 안 보였지만, 어둠에 적응하니 희미하게 모든 것이 보였다. 우리 반 아이들의 알 수 없는 싸늘한 태도도 적응하고 나면 이유를 알게 될 것이다.

아이들의 싸늘한 표정이 어둠 속에 동동 떠다녔다. 수상하기 짝이 없는 단어, 스파이. 혹시 내가 스파이라는 소문이 있는지 알아보고, 그런 소문이 났다면 어디서부터 시작됐는지 찾아봐야겠다.

이튿날 억지로 아침을 많이 먹었더니 자전거가 덜컹거릴 때마다 시큼한 위액이 올라왔다. 한풀 꺾인 줄 알았던 더위가 오늘따라 유난스러워 속이 더 더부룩한 것 같았다. 조끼를 벗어서 핸들에 걸쳤다. 다행히 바람은 시원했다.

다리에 힘이 없어 자전거 페달을 천천히 밟았다. 교실에 들어가서 누구를 잡고 스파이에 대해 물어봐야 할지 고민이다. 그런 이야기 하나 물어볼 사람이 없다는 게 바보처럼 느껴졌다. 얄밉기는 해도 떠오르는 사람은 이성규 하나였다.

나는 교실 앞에 이르러 크게 심호흡을 했다. 안에서 웅성거리는 소리가 들렸다. 입술을 꽉 깨물고 뒷문을 열었다. 순간 정적이 흘렀다. 애써 무시하고 내 자리로 갔다. 의자를 빼고 앉으려는데 갑자기 앞자리에 앉은 한나가 헛기침을 했다. 그 소리에 멈칫하다가 의자를 내려다봤다. 의자 위에서 무언가 반짝였다. 쪼그려 앉아서 의자 위에 놓인 물건을 확인했다. 압정이었다.

누가 그랬을까? 머리로 고민하는 사이 손으로는 의자에 놓인 압정을 집어 들었다. 얼얼한 기분으로 고개를 드니 성규가 서 있었다. 녀석과 눈이 마주치자 녀석이 으쓱하며 씩 웃었다. 지기 싫어서 나도 씩 웃었다.

나는 가만히 앞자리에 앉은 우리 반 아이들을 한 명, 한 명 훑어봤다. 이런 짓을 할 만큼 나를 싫어하는 아이가 우리 반에 있을 줄 생각도 못했다. 분명히 다들 내 의자 위에 압정을 놓는 아이를 봤을 텐데, 모르는 척하고 있다는 게 무섭기도 했다. 더는 교실에 앉아 있기가 힘들었다. 머리를 식힐 겸 매점으로 갔다.

매점 문을 열고 들어가는데 안에 있던 이슬이가 나를 보고 다가왔다.

"언니, 반에서 왕따라면서요?"

어디서 그런 소리를 들은 건지. 밉다, 밉다 하니까 보기 싫을 만큼 미운 표정을 짓고 있는 김이슬. 나는 겨우 침착함을 유지하며 물었다.

"누가 그러디?"

"아는 언니가요."

고개를 삐딱하게 드는 이슬이의 태도가 거슬렸다.

"아는 언니 누구?"

"그걸 내가 왜 말해 줘야 돼요?"

깐죽거리는 이슬이의 태도에 인내심이 무너지는 소리가 들렸다.

"수민 오빠가 옆에 없으니까 언니 완전 초라해요."

여전히 삐딱한 자세로 이슬이가 나에게 말했다.

나는 주먹을 꽉 쥐고 심호흡을 했다. 여기서 대답을 하기 시작하면 끝이 없을 것 같아 일단 참기로 했다. 때마침 수업을 알리는 종소리가 들렸다. 이슬이는 나를 흘겨보면서 매점을 나갔다. 그 아이의 걸음에 맞춰 몇몇이 시녀처럼 뒤를 따랐다.

나는 멍하니 있다가 다음 시간이 체육인 게 떠올랐다. 하필 체육이라니. 몸무게가 전부 발로 쏠린 것 같은 걸음으로 교실로 뛰어갔다.

교실에는 아무도 남아 있지 않았다. 내 자리로 가서 체육복이 담긴 종이 가방을 찾았다. 체육복을 꺼내려는데 가방에서 퀴퀴한 냄새가 올라왔다. 종이 가방에 코를 대고 냄새를 맡아 보았다. 분명히 종이 가방에서 나는 냄새였다. 얼른 체육복을 꺼냈다. 체육복을 펼치자 무슨 소리와 함께 달걀 껍데기가 바닥에 떨어졌다.

"악, 냄새! 스파이의 최후네."

언제 왔는지 미영이가 코를 막으며 얼굴을 찡그렸다. 정말 한 대 세게 때려 주고 싶은 말투였다. 미영이는 내 체육복을 힐끔거리며 줄곧 얼굴을 찡그렸다.

"스파이라니 무슨 소리야? 내가 왜 스파이라는 건데?"

"그건 네가 더 잘 알 텐데, 왜 나한테 물어보냐?"

미영이가 얄밉게 돌아섰다.

체육복을 빌려야 했지만 수업 시간이 다 되어서 일단 교실을 나왔다. 운동장으로 가니 체육 선생님이 이미 와 있었다. 체육은 나를 보자마자 짜증 섞인 말투로 물었다.

"왜 이렇게 늦어? 체육복은?"

"체육복이 더러워져서……."

"미리 깨끗이 빨았어야지. 그리고 얼마나 더럽다고 체육 시간에 체육복을 안 입고 나와?"

"냄새가 너무 심해서 입을 수 없었습니다."

"핑계는."

체육이 돌아서 아이들이 있는 쪽으로 걸어갔다. 다들 힐끔거리며 나를 쳐다봤다. 갑자기 체육 수업을 제대로 할 자신이 없어졌다. 아이들 쪽으로 가지 못하고 머뭇거리다 성규와 눈이 마주쳤다. 녀석이 또 한쪽 입꼬리를 올리며 비웃었다.

내가 덩그러니 구석에 서 있는 동안 체육은 수업을 진행했다. 기합이나 벌점을 주고 수업에 참여하라고 해야 옳은 거 아닐까. 학생인 나를 구석에 세워 두기만 하는 체육이 정말 싫다.

머리가 지끈거리고 아팠다. 그리고 점점 더 숨쉬기가 불편해졌다.

"뭐야? 그냥 그렇게 서 있으면 어떻게 하자는 거야?"

한참 수업을 진행하던 체육이 다가왔다.

"어지러워서……."

나를 위아래로 훑던 체육이 얼굴색을 확인하고 물었다.

"많이 아프냐?"

나는 대답 없이 고개만 끄덕였다.

한숨을 내쉰 체육이 아주 작은 소리로 "미치겠네." 하고 중얼거렸다.

"보건실 좀 다녀오겠습니다."

나는 체육의 대답도 듣지 않고 바로 돌아서 운동장을 벗어났다. 뒤에서 체육이 뭐라고 외쳤지만 머리가 아파서 들리지 않았다.

분명히 체육은 뇌도 근육으로 되어 있을 거다. 실기 시험 때 그게 티가 난다. 아무리 자기 마음에 드는 학생이 있고, 그렇지 않은 학생이 있다지만 눈에 보이게 차별하는 선생님은 거의 없다. 그런데 체육은 자신이 좋아하는 학생이 애교를 떨며 조르면 한 번 더 기회를 준다. 체육은 바보가 분명하다. 아이들이 모르는 척하지만 그런 걸 하나하나 다 기억해서 선생님을 평가한다는 걸 상상조차 못 하는 모양이다.

보건실로 가려다가 걸음을 틀어서 테니스장 쪽으로 갔다. 눈에 띄지 않는 벤치에 자리를 잡고 앉았다. 나무 그늘이 있어 덥지 않았다.

멍하니 있다가 하늘을 올려다봤다. 하늘은 구름 한 점 없이 맑았다. 며칠 전까지 학교생활에 구름 한 점 없었다. 어쩌다 이렇게 먹구름이 끼게 된 걸까.

점심시간을 알리는 종이 울리고 아이들이 건물 밖으로 뛰어나오는 소리가 들렸다. 아무 소리도 들리지 않을 때까지 벤치에서 기다렸다가 일어났다. 걸음이 무거웠지만 있는 힘껏 교실로 걸어갔다.

뒷문 앞에 서서 심호흡을 하고 살그머니 문을 열었다. 내 책상 근처에 서 있는 사람이 보였다. 도대체 누가 무슨 볼일이 있어서 내 책상 근처에 서 있는 걸까? 살금살금 자리로 다가갔다.

내 책상 근처에 있는 녀석은 바로 현준이였다. 그리고 그 앞에 미영이가 쪼그리고 앉아 있었다. 현준이가 압정을 본드에 발라서 내밀면 미영이가 신 난다는 표정으로 의자에 압정을 붙였다.

나는 슬쩍 다가가서 미영이의 손목을 거칠게 낚아챘다. 놀란 현준이가 압정 상자를 떨어뜨렸다. 바닥에 떨어진 투명한 상자에서 압정이 쏟아졌다.

손목을 잡아당기는 내 힘 때문에 미영이가 끌려 일어났다. 나는 매섭게 노려보며 말했다.

"너였어? 말도 안 되는 스파이 타령 하더니! 이제는 이런 짓까지 하냐?"

약간 떨리는 목소리로 미영이는 대답했다.

"무, 무, 무슨 소리야? 내가 뭘……."

나는 고갯짓으로 압정이 붙은 의자를 가리켰다. 미영이가 겁먹은 눈으로 현준이를 바라봤다. 현준이는 말없이 바닥에 떨어진 압정을 주웠다.

"체육복도 네가 그랬지?"

"아니야, 내가 안 그랬어."

미영이가 내 손을 뿌리치려고 했다. 그럴수록 나는 더 세게 손목을 움켜쥐었다. 현준이가 미영이 손목을 잡고 있는 내 손을 떼어 내려고 했다.

"건들지 마. 방금 휴대 전화로 너희 둘이 하는 짓 찍었으니까."

두 녀석의 얼굴이 하얗게 질렸다.

"다치길 기대했니? 도둑질도 모자라서 이젠 이런 짓까지. 너 진짜 최악이다. 내 욕하고 다니는 거 몰라서 그냥 둔 줄 알아? 상대할 가치가 없어서 그냥 둔 거거든."

"내가 뭘 어쨌다고 이래?"

나는 뻔뻔하게 아무 일 없던 척하는 미영이의 손목을 더욱 세게 비틀었다.

"악, 아프단 말이야!"

"지금 한 짓 인터넷에 올려 볼까? 학교 게시판 이런 데 올려? 어떻게 될지 궁금하지? 그래서 이러는 거지?"

내가 소리를 지르고 둘을 노려보자, 현준이가 재빨리 의자에 붙은 압정을 떼어 냈다.

나는 의자가 깨끗해지는 걸 확인하고 물었다.

"내가 누구 스파이라는 거야?"

"다, 담임."

기어 들어가는 목소리로 현준이가 대답했다.

"누가 그러는데? 김미영, 너냐?"

뾰로통하게 부은 미영이가 대답했다.

"내가 안 그랬어."

"우리 반 애들 다 붙잡고 물어볼 거야. 각오해 둬. 만약에 네 입에서 나온 소리면 어떻게 될지 보장 못 해!"

나는 엄포를 놓고 교실을 빠져나갔다. 교실에 있는 미영이가 나를 노려보는 게 느껴졌다. 바보 같은 김미영. 휴대 전화는 들고 있지도 않았는데 사진은 무슨 사진. 갑자기 배가 고파졌다.

매점 문을 열고 안으로 들어가서 바로 빵 코너로 갔다. 열 개를 먹어도 분이 풀리지 않을 것 같았다.

"선배, 여름 선배!"

나를 부르는 소리에 돌아보니 종현이가 보였다. 나는 가볍게 손을 흔들어 인사했다.

빵과 우유를 사서 계산하고 자리에 앉는데 종현이가 컵라면을 들고 왔다.

"혼자 먹으면 맛없어요."

능청스럽게 웃으며 종현이가 젓가락 포장을 뜯었다.

"급식 안 먹었어?"

"먹었죠."

"근데 또 먹어?"

종현이는 말없이 빙그레 웃으며 컵라면을 휘휘 저었다.

나는 빵을 한 입 베어 물고 꼭꼭 씹었다. 힘들면 입맛이 없다던데 오히려 빵이 달았다. 민망할 정도로 빠르게 빵을 먹어 치우고 남은 우유를 입 안에 털어 넣었다.

"오늘 연습하러 올 거죠?"

뮤지컬 연습이고 뭐고 집에 가려고 했는데. 맑은 눈을 깜박이며 나를 바라보는 종현이 앞에서는 차마 안 간다는 말이 나오지 않았다.

"그럼 이따 체육관에서 봐요."

반 이상 남은 컵라면을 들고 종현이가 일어섰다.

5교시가 끝나자 바로 허기가 졌다. 역시 빵은 간식이지 밥이 아니다. 책상에 엎드려서 옆으로 고개를 돌렸다. 수민이 책상이 보였다. 가만히 손을 뻗어 책상을 만져 봤다. 반질반질한 책상의 촉감이 느껴졌다. 수민이가 없으니까, 나 진짜 초라하다.

2학년 때도 같은 반에 친구가 없었나? 기억을 더듬었다. 그때는 수정이랑 은주랑 셋이서 같이 놀았다. 성격 좋은 은주는 친구가 워낙 많아서 모두와 친했다. 싫은 사람이 없는 은주니까 그래서 나랑 놀아 줬는지도 모른다.

수민이 앞에 앉은 한나의 뒷모습을 훔쳐보았다. 한나가 헛기침을 하지 않았다면 압정이 놓인 의자에 그냥 앉았을 것이다. 혹시 한나가 의자에 놓인 압정을 보라고 일부러 헛기침을 해 준 걸까?

수업이 끝나고 체육관으로 가는 길. 내 눈치를 살피던 미영이가 성규 옆에 바싹 붙어 걸었다. 여자 친구가 다른 남자애와 찰싹 붙어 걷는데도 현준이는 신경이 쓰이지 않는 모양. 뒤에서 보면 현준이가 아니라 성규가 미영이 남자 친구 같았다.

나는 일부러 천천히 그 뒤를 따라 걸었다. 미영이가 힐끔힐끔 뒤를 돌아봤다. 그때마다 최대한 살벌한 표정으로 미영이를 노려봤다.

체육관 앞에서 종현이가 기다렸다는 듯 나를 불렀다.

"누나!"

"점심때는 선배고 지금은 누나냐?"

"뭐, 그때그때 다른 거죠. 이거."

종현이가 손에 들고 있던 양갱을 내밀었다.

"어린 녀석이 입맛이?"

나는 씩 웃으며 종현이와 눈을 마주 보았다.

"단것 먹으면 기분이 좋아진대요."

나는 양갱을 먹으며 체육관으로 들어갔다. 종현이와 함께하니 교실에서 주눅 들었던 어깨가 펴졌다.

체육관은 원하는 배역을 따기 위해 열심히 연습하고 있는 학생들의 열기로 후끈했다. 이렇게 연기를 잘하는 아이들이 주인공 후보를 결정하는 자리에서 더듬거렸다는 게 믿기지 않았다.

설렁설렁 연기하는 나와는 다르게 종현이는 긴 대사를 모두 다 외워 진지하게 연기를 했다. 나는 대본을 보고 읽는 것도 더듬더듬했다.

연기를 배워 본 적이 없다더니 배우처럼 연기가 자연스러운 종현이 모습에 음악 선생님이 다가왔다.

"최종현 군, 연기 괜찮네요."

음악 선생님이 감탄하자, 쑥스러운 듯 종현이가 머리를 긁적였다.

"집에서 혼자 연습한 거예요……."

혼자서 연습했는데 이렇게 잘하다니. 음악 선생님 옆에 서서 덩달아 나도 감탄했다. 연달아 감탄하며 "우아!" 하고 탄성을 지르자 종현이가 내 팔을 잡아당겼다.

"민망하게 왜 그래요? 나중에 수정이 누나한테 꼭 지 연기 잘한다고 말해 주세요."

가볍게 윙크를 날리는 종현이. 이런 아이가 우리 반에 있었다면 친구가 되자고 했을 텐데. 두 살 어린 게 안타까운 녀석이다.

종현이와 대사를 주고받으며 연습을 하고 있으니 오늘 나에게 벌어졌던 일이 꼭 꿈을 꾼 것 같았다.

연습을 마치고 체육관 밖으로 나가자, 괜찮을 것 같았던 현실 감각이 얄궂게 초스피드로 살아났다. '별일 아니다. 기죽지 말자.'라고 마음을 다스렸지만, 오늘 벌어졌던 일이 생생하게 떠올랐다. 발을 디딜 때마다 축축 늘어지고 몸이 무거웠다. 하루도 이렇게 힘든데 이런 일을 매일 당하는 아이들은 도대체 어떻게 버티는 건지. 겨우 걸음을 옮겨 자전거 보관소로 갔다.

보관소 가까이 다가가자 어렴풋하게 보이는 자전거 상태가 평소와 달랐다. 얼른 달려가서 자전거를 살폈다. 누군가가 의도적으로 자전거를 긁어서 흠집을 내고 그것도 모자라 바퀴에 구멍까지 낸 상태였다. 마구잡이로 급하게 긁은 티가 났다. 너무 화가 나서 소리를 지르며 발을 동동 굴렀다. 앞을 지나던 학생들이 놀랍다는 듯 나를 쳐다봤다.

어쩔 수 없어 자전거에 몸을 실었다. 페달을 밟을 때마다 구멍 난 뒷바퀴가 덜덜거리는 느낌이 그대로 전해 왔다. 피곤한 상태로 끌고 가자니 자전거가 짐스러웠다. 느릿하게 학교를 벗어나 겨우 언덕 앞에 다다랐다.

"야, 한여름!"

고개를 드니 성규가 앞을 막고 있었다.

"학교 다니는 거 재미있냐?"

냉랭한 말투가 아주 얄미웠다.

"그래, 재미있다! 재미있어서 미치겠다."

나는 부러 씩씩하게 대답했다. 얼굴을 찡그린 성규가 입술을 실룩거렸다. 선생님들이나 다른 아이들 앞에서는 웃음이 넘치면서 어째 내 앞에서는 저런 표정을 짓는지 모르겠다. 나는 입가에 힘을 줘서 활짝 웃었다. 녀석이 도톰한 아랫입술을 깨물며 나를 노려봤다.

"비켜. 자전거 고치러 가야 하니까."

"뭐가 그렇게 당당해? 앞으로 어떤 일이 벌어질지 무섭지도 않냐?"

여전히 앞을 막아선 성규의 숨소리가 가깝게 들렸다. 화가 나는 건 나인데 자기가 왜 씩씩거리고 있는지 모르겠다.

"이성규! 걱정해 주는 것치고 지금 표정은 너무 재수 없다. 사진으로 찍어서 신발 밑창에 붙이고 다니고 싶은데, 오늘은 피곤해서 참는다."

물러서지 않을 기세로 서 있는 성규를 향해 "비켜!" 하고 외치며 자전거와 함께 돌진했다. 갑작스러운 내 행동에 놀란 녀석이 주춤거리며 옆으로 비켜났다.

넷

자전거 기어는 같은 위치에 있는데 페달을 밟는 게 힘들었다. 평탄한 길이 울퉁불퉁하게 느껴졌고 속이 갑갑하고 매스꺼웠다. 대체 누가 나를 스파이로 모는 걸까? 지금 기분 이대로 그 매스꺼운 녀석에게 달려가서 토해 주고 싶다.

교실이 보일수록 심장이 뛰었다. 별일 아니다, 별일 아니다, 마음을 다잡았지만 뛰는 심장을 진정시키기엔 힘에 부쳤다. 크게 심호흡을 하고 교실 문을 열었다.

자리로 가서 앉으려는데 한나가 어쩔 줄 모르는 표정으로 나를 바라봤다. 불안한 마음에 의자와 책상을 확인했다. 별문제가 없어서 고개를 갸웃하며 한나 눈을 마주 보았다. 한나가 조심스럽게 고개를 저었다.

일단 자리에 앉아서 책상 옆을 확인했다. 체육복은 집에 가져갔으니까 됐다. 그러면 뭐가 문제일까? 가방에서 문제집을 꺼내 책상 서랍에 넣는데 서랍이 지나치게 깔끔해서 불편한 느낌이 전해 왔다. 고개를 숙여서 책상 서랍을 들여다봤다. 교과서와 노트가 사라지고 없었다. 당황할 틈도 없이 1교시 시간표를 확인했다.

나는 얼른 3반으로 올라가서 은주를 찾았다.

"여기 국어책. 여름아, 무슨 일 있어?"

"그냥 좀 오해가 생겨서. 수업 끝나고 가져다줄게. 고마워."

나는 은주에게 인사를 하고 교실로 뛰어갔다.

문득 어딘가에서 교과서와 노트가 가을 낙엽처럼 굴러다니고 있을 것 같았다. 몸을 틀어 쓰레기 처리장으로 나가 보았다.

우유갑과 종이 따위가 수북이 쌓인 분리수거 함 쪽에서 저절로 발길을 멈췄다. 바닥에 쌓인 종이를 뒤적거리며 교과서와 노트를 찾았다. 1분도 지나지 않아 구석에서 익숙한 노트가 보였다. 다가가서 보니 내 노트였다. 재활용 더미에 섞인 교과서와 노트를 찾아 하나씩 꺼냈다. 바닥에 깔린 문제집까지 챙기고 나니, 서랍에서 사라진 물건을 모두 찾은 것 같았다. 다행히 냄새는 나지 않았다. 교과서와 노트, 문제집을 가볍게 털어서 차곡차곡 쌓아 두 손으로 들었다.

교과서와 노트, 문제집을 찾은 걸 얄미운 우리 반 녀석들에게 알리고 싶었다. 내가 찾은 걸 모두가 볼 수 있도록 일부러 문을 세게 차서 열었다. 쾅 하는 소리에 뒤를 돌아본 아이들이 내 눈길을 피해서 고개를 돌렸다.

나는 찾아온 책들을 책상에 던지듯 딱 올려놓았다. 맨 위에 있던 문제집이 미끄러지듯 바닥에 떨어졌다. 나보다 먼저 성규가 벌떡 일어나 문제집을 집었다. 성규는 문제집에 묻은 먼지를 떨어낸 뒤 내 책상 위에 올려 주었다. 그리고 아무 일 없다는 듯 제자리로 돌아갔다. 앞쪽에서 우리를 돌아보던 미영이가 불만스럽게 입술을 삐죽거렸다.

"한여름 완전 어이없어."

나더러 들으라는 듯 미영이가 큰 소리로 뒤에 앉은 아이에게 말을 걸었다. 그 아이가 호기심 어린 표정을 짓자 거만한 말투로 미영이가 말을 이었다.

"남자 완전 좋아해. 1학년에 종현이라고 있는데, 걔한테까지 찝쩍거리더라."

나와 눈이 마주친 미영이는 어깨를 으쓱하며 뻔뻔한 얼굴을 했다. 주머니에서 휴대 전화를 꺼내서 미영이가 볼 수 있도록 번쩍 들어 올렸다. 그리고 씩 웃었다. 미영이 얼굴이 커피포트보다 빠르게 빨갛게 끓어올랐다.

어쩌다 내가 따돌림의 대상이 되었을까. 화가 나는데 성질을 부릴 수가 없다. 나를 싫어하는 것이 빤히 보이는 건 김미영과 이성규다. 하지만 눈이 마주치면 싸늘한 표정을 짓는 우리 반 아이들 전체가 다 미웠다.

앞문을 열고 들어가는데 내 눈앞에 불순한 이성 교제 현장이 펼쳐졌다. 현준이 무릎 위에 앉아서 두 손으로 현준이 볼을 만지고 있는 김미영. 어찌나 끈적끈적하게 만지는지 곧 한 단계 더 나갈 것 같은 분위기였다.

나는 위아래로 그 둘을 훑으며 빈정거렸다.

"교실에서 보기 좋다."

급하게 현준이 무릎에서 내려오던 미영이 치마가 말려 올라갔다.

공포 영화에서 보면 서서히 다가갈수록 당하는 사람들이 무서워한다. 나도 공포 영화처럼 친천히 둘을 향해 다가갔다. 홍당무처럼 달아오른 현준이가 씩씩거렸다. 곧 화를 낼 것 같은 녀석을 노려보며 나는 한 발 더 바짝 다가섰다.

"때릴 거면 때려. 기왕이면 꼭 맞은 거 티 나게 부탁한다."

현준이 손이 가볍게 떨렸다.

"막상 못 때리겠냐?"

순간 현준이 손이 높이 올라갔다. 나는 겁이 나 눈이 감기려고 했지만 입술을 꽉 깨물고 녀석을 노려봤다.

"현준아, 안 돼."

언제부터 우리를 보고 있었는지 성규가 현준이를 막아섰다.

"이런 애한테 말리지 마."

다급하게 현준이 손을 잡은 성규가 달래듯 말했다.

"한여름 스파이라며. 맞고 나서 담임한테 무슨 소리를 하겠어."

뒤로 물러서 있던 미영이가 끼어들어서 현준이 팔을 잡아당겼다.

"그래, 현준아, 한여름이 선생님한테 고자질하면 피곤해질 거야."

도대체 이것들이 뭘 하자는 수작인지. 때리지는 않고 티 안 나게 뒤에서 내 피를 바짝 말리려는 속셈인 건가.

"헐! 셋이 작당해서 무슨 짓을 더 하려고?"

나는 비꼬며 셋을 쭉 훑어봤다.

성규가 앞으로 나서며 침착하게 말했다.

"우리가 하긴 뭘 해?"

"왜 잘하는 거 있잖아. 구질구질하게 뒤에서 사람 괴롭히는 일. 그거 취미 아니었냐?"

나는 머리끝까지 피가 솟구치는데, 성규는 침착한 게 마음에 들지 않았다. 일부러 성규의 가슴을 손가락으로 콕콕 찔렀다. 녀석이 내 눈을 똑바로 노려봤다.

"내가 남 괴롭히는 거 본 적 있어?"

"너 전학 오기 전까지는 나한테 아무 일도 없었거든."

기가 막히고 코가 막히는 건 나인데, 성규가 어이없다는 듯 한숨을 쉬며 말했다.

"구질구질하게 쌍둥이 뒤만 졸졸 따라다녀서 아무 일이 없었던 거겠지."

순간 말문이 막혔지만 일부러 더 목소리를 높였다.

"그래! 나 우리 반에 수민이 말고 친구 하나도 없다. 어쩔래? 그래서 나한테 보태 준 거 있냐?"

성규 말처럼 나는 우리 반에 친구가 없다. 왜 그럴까? 도대체 나는 그동안 반 친구들을 사귀지 않고 뭘 했을까? 정말이지 1학기 때 뭘 했는지 통 모르겠다. 눈물이 나오려고 했지만 입술을 꽉 깨물고 참았다. 여기서 눈물이 나오면 죽도 밥도 안 된다. 지금 밀리면 끝이다.

"그러는 너는 남자애들하고 축구라도 한 적 있냐? 만날 혼자 놀면서. 어릴 때 텔레비전 좀 나왔다고 애들 무시하냐? 그러면 밥도 혼자 먹지. 그건 자신 없나 보구나?"

딱딱하게 굳은 얼굴로 성규가 나를 바라봤다. 곧 나를 잡아먹을 것 같은 표정을 지었지만 애써 침착한 태도를 보였다.

"아까도 말했지만 말이야, 치려면 제대로 쳐. 그래야 경찰서 갈 정도로 견적이 나오지."

나는 한 발 더 가까이 성규에게 다가갔다. 너무 가까우면 오히려 때리기 힘들 거라는 계산이었다. 겁이 났지만 물러서지 않았다.

"구질구질하게 뒤에서 이상한 소문 내지 말고 불만 있으면 앞에서 말해. 왜? 앞에서 말할 자신은 없냐?"

씩씩거리는 성규의 숨소리가 가깝게 들렸다. 딱 지금이다. 지금이면 자연스럽게 교실을 빠져나갈 수 있다. 나는 가볍게 성규를 밀쳤다.

"자신 없으면 비켜. 지금 몹시 배가 고파서 성질이 더러워졌거든."

멍하니 서 있는 세 녀석을 뒤로하고 씩씩한 걸음으로 교실을 빠져나왔다. 복도에서 다리가 풀려 휘청하고 넘어질 뻔했다. 잘한 건지 아니면 벌집을 쑤셔 놓은 것인지 모르겠다. 일단 지금은 먹어서 힘을 비축해야 한다. 그래야 빌빌거리지 않고 버틸 수 있다.

막상 매점에 들어가니까 입맛이 싹 달아났다. 억지로라도 먹으려고 했지만 아무것도 당기지 않았다. 그냥 멍하니 있는데 주머니에 넣어 둔 휴대 전화가 울렸다. 손에 힘이 없어서 가만히 있다가 기운을 차리고 휴대 전화를 꺼냈다. 문자 메시지가 30건이나 와 있었다. 휴대 전화를 꽉 잡고 문자 메시지를 읽어 보았다.

꺼져

죽어라

재수 없어

담임 스파이

그러고 왜 살아

학교에서 꺼져라

남자만 밝히는 왕따

하녀 노릇 좀 작작 해라

……

1004, 천사로부터 온 메시지. 손이 떨려서 더는 메시지를 읽을 수가 없었다. 휴대 전화를 탁자에 내려놓고 마음을 가라앉혔다.

괜찮아. 별일 아니야. 이런 일 당할 수도 있지. 무시하면 되는 거야.

나를 토닥이며 계속 심호흡을 했다.

누구나 한 번쯤 겪는 일인데 나는 조금 유난스럽게 겪는 것뿐이다. 수민이랑 수정이가 돌아오면 언제 그랬냐는 듯 다 괜찮아지겠지. 그래, 괜찮아지겠지.

문자를 보낸 이는 분명히 천사는 아니다. 천사가 할 일이 없어서 이런 문자를 보내고 있을까. 휴대 전화가 울린 시간을 봤을 때 한 사람이 보낸 것 같지는 않았다. 휴대 전화가 쉬지 않고 잇따라 울렸으니까. 한 명이 그런 게 아니라는 생각에 울화가 치밀었다. 비겁하게 나 한 명 괴롭히자고 몇 명이 달라붙어 있는 건지.

4학년 때 아빠가 그랬다. 약한 사람일수록 남을 괴롭힌다고. 그래야 자신이 약하다는 걸 잊으니까. 그러니까 누가 나를 괴롭히면 무서워할 필요가 없다고 했다. 그냥 동네 개가 짖나 보다 하고 넘기라고 했다.

지금 천사라는 동네 개가 짖고 있다. 한 마리가 아니라 여러 마리다. 몇 마리인지 정확하게 모르지만 짖어 봐야 저희 목만 아플 거다. 나는 무시할 테니까. 이런 문자를 받았다고 울고불고 약해지는 그런 아이, 나는 절대 아니다.

기운을 내서 라면을 먹었다. 배가 안 고파도 꾸역꾸역 라면을 먹어서 배를 채웠다. 어디 갈 데까지 가 보자.

나는 다시 교실로 들어가서 가장 먼저 눈에 들어온 민정이 팔을 잡아당겼다. 화들짝 놀란 민정이가 당황해서 팔을 빼려고 했다.

"내가 스파이라는 소문 알고 있니?"

"어? 어, 그게……."

말끝을 흐리며 민정이가 주변을 두리번거렸다. 민정이 얼굴색이 하얗게 질려 갈수록 교실에 울리던 소리가 리모컨으로 줄인 것처럼 작아졌다.

"누구한테 그 소문 들었지?"

"저기, 난 몰라."

"누구한테 들었으니까 알 거 아니야! 누구한테 들었어?"

"수, 수, 수영이한테."

나는 민정이 팔을 놓고, 앉아 있는 수영이를 보고 다가갔다. 당황한 수영이가 나를 멀뚱하니 바라보았다.

"임수영! 넌 누구한테 들었니, 그 말?"

"그, 그게, 희찬이……."

나는 바로 고개를 돌려 정희찬을 찾았다.

"정희찬, 넌 누구한테 들었는데?"

"나는 현준이한테……."

"아! 최현준!"

나는 씩 웃으며 현준이에게 다가갔다.

"여기까지 왔네. 넌 누구한테 그 말을 들었을까?"

나는 한 박자 쉬고 최대한 냉정한 목소리를 끌어냈다. 거기에 비꼬는 표정을 더해 현준이를 내려다보며 물었다.

"김미영? 이성규?"

현준이는 입술을 깨물며 입을 꽉 다물었다. 나는 녀석의 책상에 두 손을 탁 짚었다.

"왜 말을 못해? 너야?"

"적당히 해!"

자리를 박차고 일어난 성규가 지른 소리에 모두 놀라 고개를 돌렸다.

"대사도 못 외우는 애 뮤지컬 내보내고, 네가 글씨 개발새발로 쓴 거 오답 처리하면 될걸 불러다가 왜 확인까지 시켜 주는데! 누가 널 곱게 보냐?"

화가 난 성규가 내 쪽으로 다가왔다.

"거기다 담임이 반에서 벌어지는 일, 속속들이 다 아는데, 스파이 하면 당연히 담임이 제일 잘해 주는 아이가 떠오르기 마련 아니냐? 이유가 있으니까 너한테 잘해 주는 거 아니냐고!"

그래. 친절함에는 늘 이유가 있다. 내가 생각해도 담임 선생님은 나를 좋아한다. 그렇지만 우리 반에서 벌어지는 일을 고자질해서 선생님이 나를 좋아하는 게 아니다. 나는 선생님 수업 시간에 절대로 졸지 않는다. 그리고 떠들지도 않는다. 늘 선생님 눈을 보며 수업을 듣는다. 1학년 때부터 그랬다. 선생님이 우리 반 담임을 하기 전부터 그랬다.

졸음을 피해 갈 수 없는 5교시 국어 수업. 모두가 졸고 있을 때 나만 열심히 필기를 하며 수업을 들었다. 선생님은 민망한 듯 웃었고 나에게 교과서를 읽으라고 했다. 그래서 그때 그렇게 열심히 책을 읽었던 거다. 남자 목소리도 내고 여자 목소리도 내고. 그것 때문에 뮤지컬을 하게 될 줄 알았다면 그렇게 읽지 않았을 거다.

"스파이가 뭐? 웃기고 자빠졌네."

나는 성규의 팔을 확 낚아챘다. 당황한 녀석이 팔을 뿌리쳤다.

"너 나 싫지? 그런데 어쩌지? 난 너 좋은데!"

살벌한 내 고백에 성규가 드디어 침착함을 잃었다.

"야! 한여름, 너 미쳤냐?"

"오오! 내가 한씨라는 것도 알고 있었네? 영광이다."

씩씩거리며 나를 노려보는 성규의 눈동자가 반짝였다. 슬퍼 보이기도 하고, 착해 보이기도 하는 눈동자였다. 도대체 왜 녀석의 눈동자가 착해 보이는 걸까?

나는 한 걸음 물러나서 침착하게 말했다.

"분명히 말하는데, 나 선생님 스파이 아니거든. 무슨 영화 찍어? 스파이는 개뿔."

어이가 없어서 헛웃음이 나왔다.

"한 번만 더 없는 말 만들고 다니면 김미영 너!"

나는 고개를 획 돌려서 미영이를 째려봤다.

"상상 이상의 집요함을 보여 줄 테니까 각오해!"

입술을 오물거리던 미영이가 갑자기 울음을 터트렸다. 미영이 주변으로 여자애들이 모여들었다.

"가지가지 한다. 이제는 약한 척이야? 정말 토 나온다."

나는 씩씩거리며 자리로 돌아와 앉았다.

여전히 미영이는 울었고 여자애들 몇 명이 미영이를 달랬다. 피해자는 나다. 그런데 왜 가해자 같은 기분이 들지?

약한 척하면서 운다고 상황이 바뀌는 건 아니다. 미영이가 수정이 문제집을 훔친 걸 나에게 들킨 뒤로 미영이는 늘 나를 미워하고 헐뜯어 왔다. 도둑질을 하고도 재수가 없어서 걸린 거라 생각하는 아이 주변에는 저렇게 모여서 위로해 주는 사람이 있다. 그런데 나는 잘못한 것도 없이 당하는데 아무도 내 편이 되어 주지 않는다. 어쩌면 미영이보다 내가 더 문제가 있는지도 모르겠다. 기분이 참 묘하게 더러웠다.

자리로 돌아가 앉은 성규가 들릴 듯 말 듯 말을 걸었다.

"왜 이런 일을 당하는지 궁금하지?"

나는 입 밖으로 튀어나올 것 같은 험한 말을 꾹 참고 입을 다물었다. 그리고 안 듣는 척했지만 녀석의 다음 말을 기다렸다.

"넌 너무 튀어. 적당히 조절하는 게 좋을 거야."

성규가 씁쓸한 표정을 지으며 고개를 돌렸다.

학교가 끝나고 집으로 가는 대신 근처 버스 종점에 자전거를 세웠다. 얼굴에 닿는 바람이 차가웠다. 흐린 날씨라 교복 재킷을 입고 있어도 덥지 않았다.

멍하니 앉아서 차가 들어오고 나가는 걸 지켜봤다. 출퇴근 시간이 아니라서 버스에서 내리거나 버스에 타는 사람은 많지 않았다. 버스에서 내리는 기사가 힐끗거리며 나를 바라봤다.

옅은 회색 바닥에 비가 한두 방울 떨어져 색이 짙어졌다. 우산 없이 걸어도 되는 가는 빗방울이었다.

버스를 타고 멀리 나갔다 오면 울적한 기분이 사라질 것 같았다. 그때 버스 종점으로 차 한 대가 들어왔다. 버스에서 남학생 두 명이 내렸다. 처음 보는 낯선 얼굴이었다. 눈매가 판다처럼 처진 아이가 귀여워서 힐긋 훔쳐봤다. 이렇게 심각한 상황에서도 귀여운 남자가 눈에 들어오다니. 미영이 말처럼 나는 남자를 밝히는 게 맞다. 그래서 뭐 어쩌라고. 여자가 남자를 좋아하는 건 당연한 건데.

두 남학생은 알 수 없는 대화를 주고받으며 버스 종점을 벗어났다. 귀엽게 생긴 아이는 길을 걷는 내내 어깨에 앉은 빗방울을 떨어내며 얼굴을 찡그렸다.

나는 버스에 올라 맨 끝자리에 앉아서 이어폰을 귀에 꽂았다.

스파이가 아니라고 한 내 말을 우리 반 아이들이 믿어 줬으면 좋겠다. 그러면 내일부터는 별일이 없을 것 같은데. 헛소문 때문에 따돌림을 당하고 있는 이 상황이 화가 났다. 그래도 나는 지지 않을 거다. 끝까지 기죽지 않고 씩씩하게 나갈 거다. 내가 씩씩해서 오히려 나를 괴롭힌 사람이 불쌍해 보인다고 해도 상관없다.

무작정 버스에 탔던 것처럼 무작정 버스에서 내려 길을 걸었다. 운동화 밑창이 얇아서 조금만 걸어도 발이 아팠다. 그래도 낯선 길을 걸었다. 발길 닿는 대로 걷다 보니까 다시 버스 종점. 발바닥이 아파서 딴 생각이 싹 달아났다. 덕분에 마음이 진정되고 뇌에 산소 공급이 원활해졌다.

때마침 도착한 버스를 타고 다시 동네로 향했다. 비는 그쳤지만 날은 여전히 흐렸다. 버스 종점에서 내려서 집으로 가는 대신 편의점으로 갔다.

자전거를 세우고 편의점으로 들어가려는데, 편의점과 옆 건물 사이 좁은 틈에 사람이 서 있는 것이 보였다. 도대체 뭐 하는 사람이 저런 좁은 틈에 끼어 있는 걸까? 혹시 다친 사람은 아닐까 하는 걱정에 가만히 그 틈을 들여다봤다.

희미한 불빛에 사람의 윤곽이 보였다. 자세히 보니 한 사람이 아니라 두 사람이 좁은 틈 사이에 서 있었다. 어둠에 눈이 익고 나서야 거기 서 있는 두 사람이 키스를 하고 있다는 걸 눈치챘다. 두 사람은 우리 학교 교복을 입고 있었다. 이래서 엄마가 "하여간 요즘 애들은."이란 말을 달고 사나 보다.

요즘 아이들다운 대담한 짓을 하는 학생들이 궁금해서 둘을 빤히 봤다. 이럴 수가. 그 학생들은 김미영과 최현준이었다. 나는 얼른 휴대 전화를 꺼내 플래시를 터트려 사진을 찍었다. 찰칵하는 소리와 함께 휴대 전화의 플래시가 요란하게 번쩍였다.

"뭐야!"

현준이가 소리를 지르며 나를 향해 달려왔다.

"나다."

나는 생끗 웃으며 손을 흔들었다.

급하게 걸음을 멈춘 현준이가 당황한 듯 어색하게 인사를 했다.

"안녕."

"우리가 인사하는 사이였던가?"

나는 다시 생끗 웃으며 휴대 전화를 녀석의 눈앞에 내밀어 가볍게 흔들었다. 현준이를 따라 나온 미영이가 입술을 앙다물며 나를 노려봤다. 그 모습을 보니 울컥 화가 치밀었다. 만날 잘못하는 게 누군데. 어떻게 저렇게 뻔뻔할 수 있는지 모르겠다.

"너희는 몸으로 공부하나 보다."

빈정거리는 내 말에 미영이가 소리쳤다.

"뭐야!"

슬쩍 건물을 보니 독서실 간판이 붙어 있었다.

"독서실 밖에서 몸으로 공부하나 보다고. 왜? 여기서도 울려고?"

"이 계집애가!"

나에게 달려들려는 미영이를 끌어안고 현준이가 말렸다. 미영이는 발버둥 치면서 현준이 품을 벗어나려고 했다. 그때마다 미영이는 손으로 현준이 몸 여기저기를 쳤다. 씩씩거리는 미영이를 끌고 현준이가 독서실이 있는 건물로 들어갔다.

나는 끝까지 나를 노려보는 미영이를 보고 밝게 웃으며 손을 흔들었다.

"김미영! 내일 학교에서 보자."

어째 점점 내가 악당이 되어 가고 있는 기분이다. 누가 괴롭힌다고 당하지 않으려면 이렇게 나쁜 사람으로 보여야 한다는 걸 처음 알았다. 씁쓸한 기분으로 돌아섰다.

그때 바닥에 떨어진 알약이 눈에 띄었다. 그러고 보니 미영이가 발버둥 칠 때 주머니에서 뭔가가 떨어졌다. 나는 알약을 주워서 주머니에 넣었다. 그리고 집에 가려고 몸을 돌리는데 지나가던 사람과 부딪쳤다.

"악!"

살짝 부딪친 것 같은데 상대방이 바닥에 주저앉았다. 그 사람이 떨어뜨린 약봉지가 보였다.

"어떻게……. 죄송합니다."

사과를 하고 내려다보니 대단히 익숙한 머리통이 보였다. 반짝이는 갈색 머리의 주인공은 이성규. 힘겹게 일어난 녀석이 나를 알아보고 얼굴을 찡그렸다.

기왕 악당이 되어 가고 있는 거 뻔뻔해지자. 돌아서는 녀석의 손목을 잡아 세웠다.

"아!"

갑작스럽게 나에게 손목을 잡힌 성규가 소리를 지르며 비틀거렸다. 손목만 잡았을 뿐인데. 나는 당황해서 얼른 손목을 놓았다.

"야, 손목만 잡았어. 왜 그래?"

내가 무협지 주인공도 아니고 초능력이 있는 것도 아닌데, 손목을 잡는 것만으로 상대방을 공격할 순 없다. 그런데 이렇게 아픈 척을 하다니. 진짜 희한한 녀석이다.

“저리 가.”

고개를 숙인 채 성규가 손을 흔들었다.

“싫은데. 내가 저리 가길 원하면 도대체 왜 나를 괴롭히고 있는지 말해 봐.”

“너한테 딱히 피해 준 적 없잖아.”

그럼 나한테 벌어진 일은 뭐란 말인가. 미영이가 나를 미워하고 싫어한다고 해도, 녀석이 전학 오기 전까지는 아무 일이 없었다.

슬쩍 내 눈을 본 성규가 비꼬듯 웃었다.

“난 단지 여기 애들이 가려워하는 데를 긁어 줬을 뿐이야. 전학생의 눈길로, 객관적으로. 담임이 누구한테 가장 잘해 주는 것 같은지 말해 줬을 뿐이라고.”

“그게 전부는 아니잖아!”

“네가 스파이라고 말하고 돌아다닌 적은 절대 없어.”

“멍청한 거야, 약은 거야? 그런 식으로 떠보면 다들 내가 스파이라고 생각할 거 아니야.”

어깨를 으쓱한 성규가 냉소적인 말투로 대꾸했다.

“내가 뭘? 물어보는 말에 대답만 했다니까.”

아무것도 모르는 척하는 성규의 태도에 속에서 불이 났다. 불길이 그대로 올라와 목소리가 되어 터져 나왔다.

"장난하냐?"

여전히 냉소를 띤 성규가 가볍게 한숨을 내쉬었다.

"여기 애들 순진해 보여서 기대했는데. 어딜 가나 애들은 다 똑같지. 한 명이 시작하고 나면 우르르. 아니면 아무것도 모르는 척."

"뒤에서 부채질해 놓고 너만 아무 상관 없는 것처럼 착한 척하지 마. 토 나오니까. 오늘 왜 이렇게 토 나오는 애들이 많은 거야!"

입술을 잘근잘근 씹던 성규의 목소리가 드디어 한 톤 높아졌다.

"난 아무 짓도 안 했다니까!"

"웃기시네. 지금 남이 당한다고 너는 무사할 것 같아? 지금은 내가 당하지만 너도 당할 수 있는 거거든."

잠시 침묵하던 성규가 파랗게 질릴 정도로 입술을 꽉 깨물었다. 그리고 혼잣말처럼 "절대 안 당해." 하고 중얼거렸다.

씩씩거리며 화를 내는 성규 눈도, 침울하게 입술을 깨물고 있는 지금의 성규 눈도 모두 착하게 생겼다. 껌벅껌벅 긴 속눈썹이 예쁜 소처럼 생긴 눈이다. 소와 눈을 마주치면 한동안 소고기를 못 먹겠는 것처럼, 성규와 눈을 마주 보고 있으니 더 이상 화를 낼 수가 없었다.

참 이상하다. 미영이는 아직도 너무 밉고 싫은 반면, 성규는 별로 밉지가 않다. 소같이 착한 눈을 껌벅껌벅해서 그런가.

방이 너무 환해서 눈을 뜨니 아침 8시. 대충 세수를 하고 허겁지겁 교복을 챙겨 입었다. 밥 대신 오이 하나를 들고 자전거에 올라탔다. 오이를 씹으며 미친 듯 페달을 밟았다. 자전거가 오토바이처럼 빠르게 속력을 냈다. 제법 선선해진 날씨에 바람까지 불어서 페달을 아무리 빨리 밟아도 덥지 않았다.

학교에 이르러 시계를 보니 3분 늦어서 지각. 복도를 힘껏 뛰어서 교실로 입성.

"여름이 지각이다."

무슨 일이 있었는지 표정이 좋지 않은 선생님이 교탁 앞에 버티고 있었다.

"앉을 생각 하지 말고 뒤에 서 있어."

나는 고개를 숙이고 뒤로 가서 얌전히 자세를 잡았다.

"연극제 때문에 이런저런 말이 많아. 이런 때일수록 연극에 나가는 사람은 더 성실한 태도를 보여 줘야지. 그리고 연극제를 준비하는 건 힘든 일이야. 곧 시험 기간인데 그 시간 뺏겨 가면서 연습하는 거라고. 그런 친구들을 이해하고 응원해 줘야지. 요즘 분위기 왜 이러니?"

교실에 정적이 흘렀다. 아이들은 고개를 숙이고 서로 눈치만 봤다. 선생님이 다음 말을 이으려는데 뒷문이 열렸다. 성규가 눈치를 살피며 조심스럽게 교실로 들어왔다.

"너도 지각이니? 연극제 참가자들이 왜 이렇게 불성실해?"

"죄송합니다."

성규와 내가 동시에 대답했다.

"성규도 앉을 생각 하지 말고 여름이 옆에 가서 서."

그냥 내 옆에 서지, 녀석은 굳이 세 발짝 떨어진 곳에 자리를 잡았다.

"중학교 1학년도 아니고 3학년이나 되면 알아서 교칙을 지켜야지. 여름이랑 성규 손들어."

나는 움질거리며 두 손을 머리 위로 올렸다. 나를 훔쳐보던 성규도 손을 들었다.

"조회 끝날 때까지 그대로 있어."

우리 선생님이 누구던가. 학교에서 종례와 조회가 가장 긴 선생님이 아니던가. 조회는 점점 더 길어지고 팔은 중력을 못 이기고 밑으로 내려왔다. 성규는 뭘 먹었는지 하나도 힘들어 보이지 않았다. 슬쩍 다가가서 작은 소리로 물었다.

"넌 뭘 먹어서 그렇게 팔 힘이 좋으니?"

어이없다는 듯 녀석이 되물었다.

"무슨 소리야?"

"그냥. 궁금해서. 뭐 먹냐?"

뭐, 이런 게 다 있나 하는 표정으로 성규가 나를 바라봤다. 아무렇지 않게 녀석의 팔을 손가락으로 눌렀다. 팔이 저린지 성규가 깜짝 놀라며 얼굴을 찡그렸다. 재빠르게 옆으로 가서 손을 들고 선생님을 보는 척했다. 성규가 옆에서 씩씩거리는 것이 느껴졌다.

미영이가 모두가 보는 앞에서 펑펑 울어 버린 덕분에 나는 못된 아이가 되어 있었다. 하지만 스파이라는 의심은 벗겨졌는지 내가 교실에 있어도 모두 나를 신경 쓰지 않았다. 곱지 않은 눈길로 나를 보는 아이들이 있었지만 하루 종일 아무 일도 벌어지지 않았다.

나는 긴장을 늦추지 않기 위해서 천사가 보냈던 문자를 곱씹어 보았다. 천사 중 하나는 분명히 김미영이다. 지치지도 않고 나를 흘겨보고, 어쩌다 나와 스쳐 지날 때마다 자꾸 실수인 척 세게 부딪친다.

뮤지컬 연습을 하려고 체육관으로 가는데 미영이가 또 실수인 척 나를 치고 앞서 나갔다. 그 뒤를 따르던 현준이가 당황해서 나를 바라봤다. 화를 내려다가 어제 찍었던 사진이 떠올랐다. 내가 주머니에서 슬쩍 휴대 전화를 꺼냈다. 그리고 현준이가 볼 수 있게 가볍게 흔들어 줬다.

"저기, 미영이가 실수로 그런 거야."

당황한 현준이가 변명을 하며 어설프게 웃었다.

"오늘 김미영이 실수를 심하게 자주 한다. 최현준, 여자 친구 단속 제대로 해라."

한참 앞서 나가던 미영이가 내 말을 듣고 우리 쪽으로 빠르게 걸어왔다. 현준이가 미영이를 막아서고 달래듯 손을 잡았다. 현준이 손에 이끌려 체육관으로 들어가는 미영이는 고개를 돌려 나를 째려봤다.

제법 대사를 외운 아이들은 대본을 보지 않고도 연기를 했다. 나는 아무리 봐도 대사가 외워지지 않는데 다들 대단하다.

"저기…… 성규 형, 이 부분 좀 봐 주실 수 있어요?"

조심스럽게 성규에게 다가간 종현이가 대본을 내밀었다. 말없이 대본을 받아 든 성규가 "한번 해 봐." 하고 무뚝뚝하게 대답했다.

쑥스러운 듯 머리를 긁적이던 종현이가 연기를 시작했다.

"힘을 좀 빼야 할 것 같은데."

종현이에게 대본을 건네주며 성규가 말했다. 둘이서 무슨 말을 하는지 더 듣고 싶었지만 성규와 눈이 마주쳐서 얼른 그 자리를 벗어났다.

경쟁자에게 연기를 가르치는 대인배가 나쁜 사람일 수 있을까? 도대체 성규의 진짜 모습은 어떤 건지 궁금하다.

모두가 열심히 연습을 해서 나도 덩달아 대본을 외웠다. 하지만 대본에 쓰인 글씨가 그림처럼 둥둥 떠다니다가 뇌를 지나 공기 중에 흩어졌다. 더듬더듬 겨우 외운 대사로 연기를 하려고 했지만 영 감정이 잡히지 않았다.

자전거를 타고 집으로 가면서 기억을 더듬어 대사를 떠올렸다. 방금 전까지 대본을 보고 읽었던 대사가 생각나지 않았다.

나는 동네 어귀에 멈춰 서 휴대 전화를 열었다. 천사들이 보냈던 메시지를 보면서 도대체 내가 뭘 그렇게 잘못했는지 생각해 봤다. 도무지 내가 뭘 잘못했는지 모르겠다. 그 많은 아이들의 비위를 일일이 맞출 수는 없다고 생각한다. 그래도 한 명쯤은 나와 맞는 아이가 있을 텐데. 그중에 단 한 명도 나를 좋아하는 아이가 없다는 것이 슬펐다. 내 앞에서 직접 욕을 한 것도 아니고 나를 때린 것도 아닌데, 천사들이 보낸 메시지는 나를 아프게 한다.

이런 기분으로 집까지 갈 수는 없다. 자전거에서 내려 가볍게 기지개를 폈다. 바람에 나뭇잎이 흔들려서 부딪치는 소리가 산뜻하게 울렸다. 길가에서 자라는 콩잎을 하나 따서 귀 옆에 꽂고 정신 나간 사람처럼 실없이 웃었다. 기분이 좀 좋아졌다. 숨을 크게 내쉰 뒤 어깨를 돌려서 스트레칭을 했다. 딱딱하게 굳은 몸이 풀렸다. 그리고 굳었던 얼굴에 웃음을 장착했다.

마당에 들어서는데 익숙한 실루엣이 보였다.

"왜 이렇게 늦었어?"

수민이의 다정한 목소리. 갑자기 긴장이 풀어졌다.

"뭐야? 그렇게 반가워? 울겠다."

진짜 너무 반가워서 눈물이 나올 뻔했는데 울겠다는 말에 눈물이 쏙 들어갔다.

"안 운다, 뭐."

흘겨보는 척하고 수민이의 얼굴을 훔쳐봤다.

"아님 말고."

어깨를 으쓱한 수민이가 성큼성큼 다가왔다. 순간 한동안 맡지 못했던 수민이 냄새가 공기에 섞여 콧속으로 들어왔다. 그 냄새는 햇빛 좋은 날 섬유 유연제를 넣고 바짝 말린 빨래가 주는 편안함과 상쾌함 같은 거였다.

갑자기 온몸이 간지러웠다. 가슴이 갑갑한 것 같기도 하고, 맥박 수가 올라간 것 같기도 하고 몸이 이상해졌다. 수민이의 냄새가 가까워

질수록 내 상태가 점점 더 이상해졌다.

눈앞까지 다가온 수민이의 숨소리가 들렸다. 수민이가 고개를 숙이는 순간 두 눈을 질끈 감았다. 그런데 곧 냄새가 멀어졌다. 자세를 낮춘 수민이가 내 자전거를 살펴보고 있었다.

"이거 칠하는 게 얼마나 힘든데. 자전거 왜 이래?"

"어쩌다 보니까."

"어쩌다? 왜 이렇게 됐는데?"

"자전거가 또 굴러떨어졌어."

나는 슬쩍 거짓말을 했다. 수민이가 갑자기 내 팔을 잡아당겼다.

"너는? 너도 구른 거야?"

"나는 괜찮아. 자전거만 굴렀거든."

"다행이다."

수민이의 다정한 목소리에 눈물이 날 것 같았다. 나는 입술을 꽉 깨물고 눈물을 참았다. 눈물은 참았는데, 콧물까지는 참지 못했다. 훌쩍거리며 나온 콧물을 다시 삼켰다. 한심한 듯 혀를 차며 수민이가 손수건을 내밀었다.

"코 풀어도 돼?"

"그러라고 준 거지."

빙그레 웃는 수민이의 눈치를 보면서 나는 손수건에 코를 풀었다. 물티슈로 자전거를 닦아 가며 살펴보던 수민이가 얼굴을 찡그렸다.

"이거 거슬리네."

"괜찮아. 타는 데는 지장 없어."

"안 되겠다."

수민이가 세워 뒀던 자전거를 끌어서 자기네 집으로 가져갔다. 대문을 열고 들어서던 수민이가 생끗 웃으며 말했다.

"이번에는 행운의 색으로 자전거 칠해 줄게."

"어? 나 행운의 색 모르는데."

"괜찮아. 내가 아니까."

정원에 자전거를 세워 둔 수민이가 손을 털었다. 수민이를 따라 집 안으로 들어가려는데 수정이가 나왔다. 젖은 머리를 수건으로 닦던 수정이가 나를 보고 손을 흔들었다.

진짜 친구가 돌아왔다. 천사들이 아무리 나를 미워해도 괜찮다. 내 친구가 여기 있으니까.

나는 침착하게 웃으며 손을 흔들려고 했는데 눈에서 눈물이 뚝 떨어졌다. 참으려고 해도 이미 눈에 눈물이 가득 차서 어쩔 수가 없었다. 당황한 수정이가 머리를 닦던 수건으로 내 눈물을 닦아 줬다.

"왜 그래? 여름아, 무슨 일 있었어? 왜 울고 그래?"

대답을 하려고 하니까 목소리가 떨렸다. 콧물까지 나와서 훌쩍거리고. 겨우 숨을 내쉬고 입을 열었는데 다시 목소리가 떨렸다.

"바, 바, 반가워서 그래."

"강수민! 야, 여름이 왜 울어? 너 여름이 괴롭혔지?"

수정이가 현관문을 열고 소리쳤다.

페인트 통과 붓을 들고 나온 수민이는 대꾸도 없이 자전거 쪽으로 걸어갔다. 바닥에 신문을 펼치고 그 위에 자전거를 올리더니 묵묵히 자전거를 칠했다. 수정이와 나는 한쪽 구석에 쪼그려 앉아 그 모습을 지켜봤다.

"정말 반가워서 그런 거야?"

"응."

의심 가득한 수정이의 눈초리가 왠지 반가웠다.

"영국에 갔던 일은?"

"우리까지 갔는데 아빠라고 별수 있겠어? 집에 오신대."

수정이는 한숨과 함께 얼굴을 찡그렸다. 우리는 한동안 말없이 그대로 앉아 있었다.

"빨리 헌혈할 수 있는 나이가 됐음 좋겠다. 몸에 있는 피를 자꾸 뽑아내면 아빠한테 받은 피가 몽땅 빠져나가지 않을까?"

나는 뭐라고 대답하기가 어려웠다. 어설프게 위로하면 수정이가 자칫 더 상처를 받을 것 같고, 그렇다고 수정이처럼 아무렇지 않게 웃으며 대답할 수도 없었다. 나는 겪어 본 적이 없는 일이라 수정이가 얼마나 힘든지 알 수가 없다. 그냥 가만히 옆에 앉아서 수정이와 똑같은 자세로 하늘을 올려다봤다.

"둘이서 뭐 하냐? 똑같이 넋 놓고."

수민이가 페인트 통을 흔들며 고개를 갸웃했다.

"한 번 더 칠해야 하니까. 한동안 자전거 못 타."

자전거는 꽤 깨끗했다. 흠잡을 데 없이 순 하얀색. 나는 슬쩍 수민이를 올려다보며 물었다.

"그냥 타면 안 돼?"

수민이가 거칠게 고개를 저었다.

"마르는 데 1주일 정도 걸려. 절대 안 돼."

나는 수민이를 이길 수가 없다. 가기 싫다는 놀이공원을 억지로 끌고 간 적이 있었는데, 수민이는 가서 놀이 기구를 하나도 타지 않았다. 수정이가 캠프에 갔을 때라 둘이만 갔기 때문에 나는 혼자서 놀이 기구를 탔다. 제발 같이 타자고 졸라도 수민이는 냉정했다. 남들은 친구들과 함께 신 나게 타는데, 나만 혼자 타려니 재미는커녕 처량맞은 기분만 들었다.

날아다니는 티끌이 보일 만큼 유독 맑은 날씨. 티끌은 보는 각도에 따라 보이기도 하고 안 보이기도 했다.

큰 눈이 퉁퉁 부어서 눈을 반쯤 감은 듯한 수정이가 집 밖으로 나왔다. 딱 봐도 전날 운 게 티가 났지만 모르는 척 손을 흔들었다.

"태워 줄 거지?"

나는 자연스럽게 다가가 수정이 자전거 뒤에 앉으려고 했다. 그런데 수정이가 고갯짓으로 수민이 쪽으로 가라고 눈치를 줬다. 자세히 보니 수민이 자전거에 어제만 해도 없었던 새로운 것이 보였다. 사람을 태울 수 있는 뒷자리.

"수민이가 태워 줄 거야. 나 먼저 간다."

수정이가 내빼듯 자전거 페달을 밟았다. 멀어지는 수정이 뒷모습을 넋 놓고 바라보는 나에게 수민이가 한마디 툭 던졌다.

"안 타? 학교 늦겠다."

정말 걸어서 가다가는 학교에 늦을 것 같아 나는 바로 자전거 뒤에 탔다. 수민이가 평소보다 힘겹게 페달을 밟는 걸 보니 어제 야식으로 먹은 통닭을 토해 내고 싶었다. 그래도 평소와 비슷한 속도로 달린 수민이는 곧 수정이를 앞질렀다. 우리는 빠르게 마을 길을 달려 학교 근처에 다다랐다.

오르막에서는 당연히 설 줄 알았는데 수민이는 꾸역꾸역 자전거를 몰았다.

"안 힘들어? 내릴게."

"괜찮아."

언덕 끝에 오른 수민이는 나지막하게 안도의 숨을 내뱉고 내리막을 쏜살같이 내달렸다. 그때부터 우리 학교 학생들이 슬슬 눈에 들어왔다. 우리를 본 아이들은 입 모양만으로도 읽을 수 있는 '헐', '대박' 같은 짧은 감탄사를 던졌다. 단지 수민이 자전거 뒷자리에 앉았다는 이유로 이토록 뜨거운 관심을 받다니 얼굴이 화끈거렸다. 내가 창피함에 몸 둘 바를 몰라 하는 것도 모르고 수민이는 콧노래를 흥얼거렸다.

수민이가 자전거를 세웠다. 나는 얼른 뒷자리에서 뛰어내렸다. 발을 딛는 동시에 스텝이 꼬여 휘청거렸다.

"뭐가 그렇게 급해?"

자전거에 열쇠를 채우며 수민이가 핀잔을 줬다.

"집에 갈 땐 수정이랑 같이 갈게."

"아냐, 같이 가. 나 오늘 축구 안 해."

말끝에 씩 웃는 수민이. 너는 아닐지 몰라도 나는 아닌 게 아니라네. 여자애들의 시샘은 방금 받은 것만으로도 충분하다.

복도를 걷는 내내 수민이가 내 옆에 바싹 붙어 걸었다. 이제 오늘부터는 아무 일도 벌어지지 않을 거다. 그러니까 그동안 있었던 일은 굳이 말하지 않아도 된다. 분명히 괴롭힘을 당한 건 나였지만 미영이에게 쏘아 댔던 말을 보면 오히려 내가 악당 같았으니까. 나는 교실로 들어가서 내 자리로 달려갔다. 책상, 의자, 서랍까지 구석구석 살핀 뒤 의자를 뺐다.

"뭘 그렇게 열심히 찾아?"

수민이가 자리에 앉으며 물었다.

"아, 그냥……."

나는 말끝을 흐리고 가방에서 책을 꺼내 서랍에 넣었다.

숨기려고 해도 숨길 수 없는 일이 있는 것 같다. 시험 기간에 공부를 하지 않고 만화책을 본 것이 훗날 성적표에 드러난다. 또 다이어트를 하는데도 살이 빠지지 않는 것은 뭔가 살찌는 것을 먹고 있다는 거다.

쌍둥이가 없는 동안 나에게 벌어졌던 일이 그럴 거다. 굳이 내 입으로 말하지 않는다 해도 자연스럽게 알게 될 일이다. 그래도 잠시 동안은 말하지 않기로 했다.

쌍둥이가 돌아와서 기쁜 건 나만이 아니었다. 한동안 보이지 않던 음악 선생님이 활기차게 아이들 사이를 돌며 뮤지컬 연습을 살폈다. 먼저 아이들을 한자리에 모은 다음, 그리스 오리지널 사운드 트랙이 담긴 시디를 틀었다. 그리고 노랫말이 적힌 종이를 나누어 주었다. 시디에서 나오는 노랫말은 영어였고, 종이에 적힌 노랫말은 한글이었다.

"수민이, 지금 들은 곡을 부를 수 있겠니?"

"네? 지금요?"

"그래, 지금."

학생들에게 주로 존댓말을 하는 음악 선생님이 애정 섞인 반말을 하다니. 수민이 매력은 남자 어른의 마음까지 움직이나 보다.

수민이가 갑자기 멈칫하며 말했다.

"선생님, 노랫말은 여름이한테 들라고 해 주시면 안 될까요? 팔이 좀 아파서……."

"그래? 그러면 그렇게 해. 한여름 양!"

나는 노랫말 종이를 들고 수민이 앞에 섰다. 〈그리스〉 음악에 맞춰

서 수민이가 노래를 부르기 시작했다. 복권이라도 당첨된 것처럼 환하게 빛나는 음악 선생님의 얼굴. 처음부터 가수를 꿈꾸는 두디 역은 수민이로 정해 뒀던 게 분명하다. 노래가 끝나자 체육관에 손뼉 소리가 울려 퍼졌다. 음악 선생님도 흐뭇한 표정으로 손뼉을 쳤다.

다들 연기와 노래가 느는데 나만 뒷걸음치나 보다. 나도 열심히 연습해야 할지 그만두겠다고 말해야 할지 고민이다.

"아무래도 나는 연습을 더 해야겠어."

연습 시간이 끝나고 수정이가 심각한 표정으로 말했다. 굳이 더 연습을 안 해도 될 것 같은데, 같이 가자고 조르기가 뭐해서 그냥 돌아섰다.

어쩔 수 없이 수민이와 둘이서 집에 가는 길. 수민이 자전거 뒤에 탈 생각을 하니 신경이 쓰였다.

"나 천천히 걷고 싶어. 너 먼저 갈래?"

"그럼 나도 걷지, 뭐."

수민이가 잽싸게 자전거를 끌고 와 내 옆에서 같이 걸었다. 자전거를 같이 타는 것보다 그게 더 오히려 눈에 띌 것 같았다.

"거참, 자전거 두고 힘들게 걷다니. 그래, 타자, 타!

"진작 그럴 것이지."

"너는 남 눈치 안 보고 살아서 좋겠다!"

나는 자전거 뒷자리에 앉아 중심을 잡았다는 뜻으로 수민이 등을 톡톡 쳤다. 출발과 동시에 등을 밀어 주듯 바람이 불어왔다. 다행히 학교에는 아이들이 많지 않았다. 운동장을 벗어나자 바람이 방향을 바꿔 앞에서 불어왔다. 순간 수민이에게서 늘 나던 섬유 유연제 냄새가 훅 끼쳤다. 우리 엄마도 이 섬유 유연제를 쓰면 좋겠다. 무슨 냄새인지 궁금해서 수민이 등 가까이 코를 대고 킁킁 냄새를 맡아 보았다.

"하하! 뭐 하는 거야?"

수민이가 어깨를 들썩이며 킥킥거렸다. 나는 대답 대신 가만히 되물었다.

"괜찮은 거지, 수정이랑 너랑?"

"괜찮을 리 없지. 그렇다고 안 괜찮으면 어쩌겠어."

위액이 올라오는 것처럼 마음이 쓰렸다.

"강수정 요즘도 헌혈 타령하냐?"

아무렇지 않은 척 수민이가 물었다. 나도 씩씩한 척 대답했다.

"헌혈은 좋은 일이잖아."

수민이가 자전거 페달을 더 세게 밟으며 흘리듯 말했다.

"내 동생은 의도가 불순하잖아."

"의도가 불순하면 좀 어때? 수정이는 예쁘잖아. 피도 예쁠 거야."

"강수정 베스트 프렌드한테 내가 무슨 소리를 하겠냐!"

수민이가 장난스럽게 중심을 잃은 척 자전거 핸들을 꺾어 댔다. 나는 화들짝 놀라서 수민이 허리를 꽉 잡았다.

"그러지 마!"

수민이는 더욱 짓궂게 핸들을 좌우로 꺾으며 "주머니 털어서 아무거나 줘." 하고 나를 놀렸다.

나는 아예 수민이 허리를 끌어안고 소리쳤다.

“이렇게 흔들리는데 어떻게 찾아!”

수민이는 자전거 핸들을 도로 똑바로 잡았다. 주머니에 손을 넣었더니 까칠까칠한 뭔가가 만져졌다. 꺼내서 보니까 지난번에 미영이가 떨어뜨린 약이었다.

“수민아, 너 이거 뭔지 알아?”

“갑자기 내밀면 내가 그걸 어떻게 봐?”

수민이가 자전거를 세웠다. 그리고 내가 내민 약을 가만히 살펴봤다.

“이거, 네가 먹는 거야?”

살짝 얼굴을 찌푸린 수민이가 걱정스러운 눈길로 나를 바라봤다.

“아냐. 주운 거야.”

“이거 식욕 억제제야. 부작용으로 밤에 잠이 안 온대. 그래서 이거 먹고 공부하는 사람도 있다더라?”

“뭐? 이게 그런 약이야?”

“넌 이런 약 모르는 게 좋아. 그냥 모르고 살아.”

“왜 이 좋은 걸 나만 몰랐지? 이리 줘, 한번 먹어 보게.”

나는 약을 뺏으려고 수민이에게 손을 뻗었다. 그러나 수민이는 내 손이 닿지 않게 약을 쥔 손을 높이 들어 올렸다.

“이런 약이 좋기만 하겠냐? 잠 못 자니까 다음 날 엄청 피곤하지. 이건 압수!”

수민이가 약을 주머니에 넣었다.

미영이가 약까지 먹어 가면서 공부를 할 거라고는 생각지도 못했는데 뜻밖이었다. 잠을 줄이지 말고 연애하는 시간을 줄여서 공부하지. 갑자기 미영이가 수정이 문제집을 왜 훔쳤는지 알 것 같았다. 잠이 안 오는 약까지 먹어 가면서 공부하는데도 성적이 잘 오르지 않으니, 늘 성적이 잘 나오는 수정이가 어떤 문제집으로 공부하는지 궁금했을 거다. 그 심정이 조금 이해가 갔다. 하지만 그래도 용서가 안 된다.

다섯

오늘은 시험이 끝나는 날. 드디어 말 못 할 고민에서 해방되는 날이다. 마치 내 기분을 알겠다는 양 하늘은 맑고 서늘한 바람이 기분 좋게 불어왔다. 수민이네 집에 가서 자전거를 찾아올 생각을 하니 그림자처럼 따라다니던 '강수민의 인기로 인한 시샘'이란 짐을 훌훌 벗는 것 같았다. 페인트칠을 바싹 말려야 해서 생각보다 오래 수민이 자전거를 얻어 타고 다녔다. 2주일 내내 하루도 마음이 편한 날이 없었다. 어쩌다 매점에서 부딪친 1학년 이슬이는 대놓고 나에게 입술을 삐죽거렸다.

열린 대문 틈으로 자전거 페인트칠을 확인하는 수민이가 보였다. 미대생이 작품을 대하는 듯 진지한 태도였다. 페인트가 다 말랐는지 손으로 꼼꼼히 만져 본 수민이가 주머니에서 물티슈를 꺼내 손을 닦았다.

"강수민!"

나는 벌컥 대문을 열고 들어갔다.

"어, 이제 오냐?"

수민이가 움찔했다.

"아니, 방금 전에 왔다."

잠시 생각하던 수민이가 장난스러운 표정을 지었다.

"그럼, 날 훔쳐보고 있었단 말이네? 이야, 한여름 드디어 나한테 빠졌구나."

이런 낯 뜨거운 말을 하다니. 수민이가 점점 이상해지는 것 같다. 나는 다가가서 수민이 이마에 손을 올려 열이 있나 살폈다.

"열도 없으면서 왜 그래?"

수민이가 입을 삐죽 내밀었다.

"둘이서 뭐 해?"

언제 나왔는지 수정이가 우리를 보고 있었다. 수정이는 처음 보는 노란 크로스백을 메고 있었다. 자세히 보니 신발도 처음 보는 거였다.

"수정아, 가방이랑 신발!"

"새로 샀어. 아빠 카드로 질렀지. 고생에 대한 대가랄까?"

지나치게 덤덤한 수정이 모습이 오히려 더 안쓰러워 보였다. 내 마음을 읽었는지 수정이가 아무렇지 않다는 듯 밝게 말했다.

"가방 예쁘지?"

나는 가만히 고개를 끄덕였다.

"시험 끝나고 뭐 해? 우리 데이트하자."

아무렇지 않게 던진 수민이 말에 내가 정색하며 말했다.

"왜 이래! 수민이 너 장난 적당히 해."

수정이도 옆에서 덩달아 고개를 저으며 한숨을 쉬었다.

"어이, 강수민 씨, 아무리 생각해도 방금 한 말은 주워서 삼켜야 할 것 같다."

수민이는 어깨를 으쓱하더니 자전거를 타고 먼저 나가 버렸다.

학교 근처에 이르고 보니 수민이와 자전거 색이 같아서 지나치게 눈에 띄었다. 커플처럼 보일까 걱정되어 일부러 수민이보다 속도를 늦추었다. 은근슬쩍 뒤로 빠지려는 계획이 달성되는가 싶더니, 수민이가 속도를 늦춰서 나와 거리를 맞췄다. 수정이가 앞서 가니 우리가 더 커플처럼 보였다. 이대로 가면 안 되겠다 싶어 나는 문구점 앞에서 자전거를 세웠다.

"볼펜 사고 갈게. 먼저 가!"

내 말에 수정이는 고개를 돌려 알았다고 끄덕이고는 먼저 교문으로 자전거를 몰았다. 그런데 수민이는 가지 않고 자전거에서 내렸다.

"왜? 안 가?"

"노트 사려고."

혹 떼려다 혹 붙였다는 경우가 이런 건가. 좁은 문구점에 가득 찬 학생들이 우리를 힐끔거렸다. 나는 얼른 볼펜 진열대로 가서 손에 잡히는 대로 볼펜을 집어 계산했다. 수민이는 노트를 뚫어져라 내려다만 보고 얼른 집지는 않았다. 수민이가 노트를 고르는 사이 문구점을 빠져나왔다. 자전거에 올라타려고 하는데 누가 나를 불렀다.

"저기요, 수민 오빠랑 안 사귄다면서 왜 아침부터 붙어 다녀요?"

1학년 김이슬이었다. 마치 남자 친구가 다른 여자와 같이 있는 현장을 급습한 것 같은 표정이었다. 하도 어이가 없어서 헛웃음이 나왔다.

"우리 친구거든."

"무슨 친구가 그렇게 붙어 다녀요? 연인처럼 붙어 있잖아요."

쏘아붙이는 듯한 말투에 나는 버럭 짜증이 났다. 저와 수민이가 무슨 사이라고 아침부터 이런 말을 들어야 하는 걸까. 한마디 해 줘야겠다는 생각에 말문을 열려는데, 뒤에서 수민이 목소리가 들렸다.

"우리가 붙어 다니든 말든 네가 왜 신경 써?"

수민이가 싸늘한 표정으로 이슬이를 내려다봤다.

이슬이는 곧 울음을 터뜨릴 듯 눈에 눈물이 그렁그렁했다.

"그야…… 오빠를 좋아하니까……."

가볍게 한숨을 내쉰 수민이는 까칠하게 말했다.

"난 너 관심 없거든."

"상관없어요. 제가 오빠를 좋아하니까요."

어디서 저런 자신감이 나오지? 나는 닭살 돋는 말에 몸을 긁적이며 수민이를 흘깃 봤다. 수민이는 짜증이 난다는 듯 뒤도 돌아보지 않고 학교로 향했다.

덩그러니 남겨진 이슬이가 울먹거리자, 한쪽 구석에 모여 있던 친구들이 그 아이 곁으로 다가왔다.

"저기요."

다시 기운을 차린 이슬이가 나를 불렀다. 나는 돌아볼까 말까 망설이다 결국 고개를 돌렸다.

"언니는 얼굴도 못생기고, 공부도 못하는데, 뭐가 잘났다고 수민 오빠랑 붙어 다녀요?"

자기는 얼마나 예쁘다고 나한테 못생겼다니! 객관적으로 봐도 나는 못생기지 않았다. 단지 수민이가 지나치게 잘생긴 것뿐이지. 나는 지극히 평범한 외모다.

"친구라 그렇다, 왜."

"언니 수준에 수민 오빠가 맞기나 해요?"

달려가서 머리통을 한 대 쥐어박아 주고 싶은 걸 꾹 참았다.

"게임 하냐, 친구 사이에 수준 따지게? 네가 자꾸 이렇게 나오니까 수민이가 널 싫어하는 거야."

수민이가 이슬이를 안 좋아하는 건 분명하지만 싫어한다고 말한 적은 없었다. 그래도 나는 싫어한다는 말에 힘을 줘서 큰 소리로 말했다.

"이번 뮤지컬 주인공은 꿈도 꾸지 마세요. 주인공은 나니까."

내 말을 어디로 들었는지, 이슬이는 내가 했던 말과 전혀 상관 없는 대답을 던지고 친구들과 함께 학교로 향했다. 자기가 주인공으로 결정되면 아주 수민이랑 절교하라고 나한테 협박이라도 할 기세다. 대체 저런 자신감은 어디서 나오는 걸까? 점점 멀어져 가는 이슬이의 뒷모습을 멍하니 바라보기만 했다.

"한여름! 넌 이런 걸로도 튀냐?"

언제 왔는지 성규가 나를 빤히 쳐다보고 있었다.

"내가 뭐?"

"모르면 말고."

성규가 어깨를 으쓱하며 대답했다.

"야, 이성규! 너 정확하게 하고 싶은 말이 뭐야?"

씩씩거리는 나를 보며 성규가 "또 욱하네." 하고는 동그랗게 쥔 주먹을 입에 갖다 대고 웃음을 참았다.

"욱하게 한 게 너잖아!"

"만날 욱하니 친구가 없지."

성규가 내 어깨를 툭툭 치고 멀어져 갔다.

저게 어제 뭘 잘못 먹었나? 아침부터 깐죽깐죽 사람 열 받게 하고. 나는 한동안 씩씩거리며 녀석의 뒷모습을 바라보며 서 있었다.

시험이 끝나고 첫 뮤지컬 연습. 드디어 배역이 결정되는 날이라 체육관은 뜨겁게 불타오를 듯했다. 선생님도 없는데 노래하며 춤추는 아이들이 신기해 보였다. 시험 기간에 공부하느라 뮤지컬을 잠시 잊은 줄 알았는데 아니었나 보다. 다들 열심히 연습하는 바람에 내가 서 있을 자리조차 없는 것 같았다.

나는 앉아 있을 만한 자리가 없는지 주변을 살폈다. 한쪽 구석에 옹기종기 모여 앉은 아이들이 보였다. 아이들은 대본만 펼쳐 두고 수다를 떨고 있었다. 슬쩍 걸음을 그쪽으로 옮겼다. 2학년 때 같은 반이었던 민지가 보였다.

"민지야, 대사 다 외웠어? 난 최악이야."

"너도? 나도 하나도 못 외웠어. 연기가 이렇게 어려운 건 줄 몰랐다니까."

주변에 모여 있던 아이들도 민지 말에 공감한다는 표정으로 고개를 끄덕였다.

처음부터 주인공을 맡을 거라고는 꿈도 꾸지 않았다. 더구나 경쟁자인 이슬이는 노래도 잘 부르고 춤도 잘 춘다. 그 아이가 싫기는 하지만 연기 하나는 끝내주게 잘한다는 것만은 인정한다.

나는 전에 같은 반이었던 민지와 자연스레 대화를 했다는 사실에 뿌듯한 마음이 들었다.

"언니는 여기가 잘 어울리네요."

새침하게 말을 건네며 이슬이가 다가왔다. 나는 앉아 있던 자세 그대로 고개만 들어서 그 아이의 얼굴을 올려다봤다.

"대사 못 외워서 뮤지컬 포기한 사람들이 모이는 자리요."

이슬이가 머리카락을 가볍게 귀 뒤로 넘긴 뒤 내 자리를 가리키며 덧붙여 말했다.

"여기."

얄미워도 이렇게 얄미울 수가. 같이 앉아 있던 아이들도 표정이 좋지 않았다. 다들 여차하면 체육관 뒤로 불러서 단단히 혼내 줄 것 같은 얼굴이었다. 그래도 이슬이는 눈치 없이 또 내 약을 올렸다.

"하긴, 언니는 노랫말만 못 외우는 게 아니죠. 연기도 못하잖아요."

"너 바보냐?"

나는 벌떡 일어나서 찡그린 얼굴로 이슬이를 째려봤다.

"내가 왜 바보예요? 노랫말을 못 외우는 언니가 바보지!"

슬쩍 내려다보니 아이들의 표정이 더 일그러져 있었다.

"대사는 암기력만 있으면 되는데, 너는 눈치가 둔치라서 상황 파악도 못하고 사리 분별도 못하나 보다? 아, 너 사리 분별 뜻은 알지?"

이슬이는 입을 오물거리며 바로 대답하지 못했다.

"설마 모르는 건 아니지?"

나를 비롯해서 주변에 모여 있던 아이들이 대놓고 비웃음을 날렸다.

나는 이슬이에게 바싹 다가가서 귀에 대고 속삭였다.

"참자, 참자, 했더니 사람 만만하게 보이니? 나 3학년이야. 그리고 화나면 무서워."

얼굴을 찡그린 이슬이가 친구들이 있는 쪽으로 달려갔다.

나는 종종 거침없는 말과 행동을 할 때가 있다. 때로 너무 직설적으로 굴었나 싶어 후회가 되기도 하지만, 만만하게 보이는 것보다는 성질을 부리는 게 더 낫다. 그래야 남들이 얕잡아 보지 않는다. 도대체 왜 얌전한 사람은 만만하게 보고, 성질내는 사람은 무섭게 보는지 정말 모르겠다.

"선배, 김이슬이 울던데요."

어느새 다가온 종현이가 손으로 가리킨 곳을 보니 이슬이가 울고 있었다. 동그랗게 친구들에 둘러싸인 채 어깨를 들썩이며 비련의 여주인공처럼 흐느꼈다.

"걔 왜 저래?"

"선배가 욕을 했다던데요."

"뭐? 욕을?"

종현이가 가볍게 고개를 끄덕였다.

"선배, 조심해요. 이슬이는 내숭 백단에 거짓말도 서슴없이 하는 애예요. 없는 일도 만들어서 소문내기가 특기일걸요."

"에이, 설마. 그런 애가 어떻게 친구들이 저렇게 많아?"

"예쁜 애하고 다니면 자기도 예쁜 줄 아는 애들이나 붙는 거예요. 성격 정상인 애들은 이슬이하고 안 놀아 줘요."

"와, 진짜? 이해 안 간다."

"그런 걸 뭘 이해하려고 해요? 선배 좀 순진하네요. 주의 줬으니까 나는 이만 갑니다."

지금 초등학교를 갓 졸업한 1학년 애송이에게 순진하다는 소리를 들은 건가? 나는 멀어지는 종현이의 뒷모습과 친구들에 둘러싸인 이슬이를 번갈아 보았다. 요즘 중학교 1학년 아이들은 우리 때와 같지 않다. 우리 때보다 성숙한 데다 때로 무섭기까지 하다. 아니, 나도 2년 전에는 저랬는데 모르고 지나간 건가.

진동이 울려서 휴대 전화를 열어 보니 수정이가 보낸 문자가 왔다.

무슨 일 있어?

나는 주위를 두리번거리며 수정이를 찾았다. 나와 눈이 마주친 수정이가 제 쪽으로 오라고 손짓했다.

"김이슬, 왜 저래?"

얼굴을 찌푸린 수정이가 이슬이 쪽을 흘깃 보며 물었다.

"모르겠어. 내가 정말 싫은가 봐."

"상대하지 마. 저런 애랑 엮여 봐야 너만 피곤해."

그러나 이슬이가 수민이를 좋아하는 한 계속 엮일 것 같은 불안감이 밀려왔다.

"일요일에 도서전 가자. 가면 재미있을 거야."

공부하고 뮤지컬 연습하기도 바쁠 텐데, 수정이는 참 별걸 다 안다. 나는 컴퓨터를 해도 인터넷 기사나 웹툰을 보는 게 고작이다. 그런데 수정이는 어른들 말로 건설적인 일을 좋아하는 것 같다.

"그런데 엄마가 성규도 데리고 가래. 여름아, 우리 가위바위보 해서 진 사람이 성규한테 물어보기로 하자."

수정이가 씩 웃었다. 내가 당황해하는 사이, 재빨리 "가위바위보!"

를 하더니 보자기를 낸 손을 오므린 내 손에 갖다 댔다. 얼떨결에 수정이한테 당하고 말았다. 수정이가 미안한지 고개를 숙이며 말했다.

"여름아, 부탁해. 나 낯가리는 거 알잖아."

나는 등을 떠밀리다시피 성규가 있는 쪽으로 천천히 걸어갔다. 성규 앞에 섰지만 차마 입이 떨어지지 않았다. 내가 머뭇거리는 사이 수민이가 우리 곁으로 다가왔다. 나는 두 눈을 꽉 감고 성규에게 물었다.

"일요일에 뭐 해?"

당황한 성규가 손가락으로 자신을 가리키며 "나?" 하고 되물었다.

"응. 별일 없으면 같이 도서전 구경 갈래?"

멍한 성규보다 뒤에서 더 놀라는 수민이.

"얘가 왜 거길 같이 가?"

수민이가 얼굴을 찡그리고 물었다. 나는 조용히, "아줌마가 성규도 같이 데리고 가라고 했다며." 하고 속삭였다. 못마땅한 얼굴을 한 수민이가 작게 한숨을 쉬었다. 나는 성규에게 다시 물었다.

"같이 갈래?"

성규는 당황스러운 듯 마냥 머뭇거렸다. 그러자 수민이가 재빠르게 대답을 가로챘다.

"얘는 생각 없다니까, 그냥 우리끼리 가자."

왠지 안절부절못하는 수민이가 귀여웠다. 자꾸 내 팔을 잡아당기며 아이처럼 보채는 수민이를 보니 갑자기 골려 주고 싶었다. 나는 진지한 말투로 수민이 얼굴을 보며 심각하게 말했다.

"너만으론 부족하다. 남자 친구가 하나쯤 더 있어야겠어."

수민이가 눈을 동그랗게 뜨며 "지금 무슨 말을 하는 거야?" 하고는 내 앞을 막아섰다.

가만히 우리를 지켜보던 성규가 조심스럽게 끼어들었다.

"몇 시에 만날 건데?"

그 말에 수민이가 재빠르게 대답했다.

"시간 없으면 안 나와도 괜찮아."

나는 내 앞을 막아선 수민이를 팔로 밀어내려고 힘을 줬다. 그런데 쉽게 밀리지 않았다. 그러자 성규가 성큼성큼 걸어 내 등 뒤로 왔다. 나는 뒤를 돌아 성규와 마주 보았다.

"새벽만 아니면 괜찮아. 같이 가자."

나는 성규에게 "약속 당일에 취소하고 그러면 안 된다." 하며 손가락을 내밀었다. 성규는 고개를 갸웃하며 나를 멍하니 바라보았다.

"약속을 했으면 손가락을 걸어야지."

"아!"

성규가 새끼손가락을 내밀려고 하자 수민이가 내 손을 잡아서 내려놓았다. 그러더니 무뚝뚝하게 말했다.

"애도 아니고 손가락을 왜 걸어? 온다잖아."

성규는 수민이를 보다 나를 보더니 새끼손가락을 내밀며 말했다.

"손가락 걸지, 뭐."

내가 새끼손가락을 내밀려는데 수민이가 한발 앞서 냉큼 성규의 새끼손가락에 제 새끼손가락을 걸었다.

"자, 손가락 걸었으니까 됐지?"

살짝 삐친 얼굴로 수민이가 말했다. 그리고 손가락을 풀더니 씩씩거리며 주머니에서 물티슈를 꺼냈다.

수민이를 달래 주려는데 선생님들이 들어왔다. 음악 선생님이 목소리를 가다듬으며 체육관에 모여 있는 아이들을 한곳으로 모았다.

"자, 드디어 최종 뮤지컬 배우 명단을 발표하겠어요."

예상대로 나는 최종 명단에 오르지 못했다. 남자 주인공은 이성규, 여자 주인공은 김이슬, 그 외에 강수민, 강수정, 최종현과 김미영까지 모두 최종 명단에 올랐다. 이렇게 될 줄 알았지만 미영이가 배역을 받으니 어딘지 모르게 배가 아팠다.

살짝 삐친 수민이는 집으로 가는 내내 아무 말도 하지 않고 묵묵히 페달만 밟았다.

"삐쳤어?"

내가 집 앞에 도착해서 물었다.

"뭐가?"

"성규한테 같이 가자고 해서."

수민이는 고개도 돌리지 않고 대꾸했다.

"아니거든."

우리를 힐끔 본 수정이가 고개를 저으며 혀를 찼다.

"강수민, 삐칠 일도 많다."

수민이가 정색하며 수정이를 노려봤다.

"야! 오빠한테 자꾸 이름 부를래?"

수정이가 혀를 쭉 내밀고 "메롱." 하고는 집으로 뛰어 들어가 버렸다.

"아유, 저걸."

얼굴을 잔뜩 찌푸린 수민이는 인사도 하지 않고 돌아섰다. 집으로 들어가는 수민이 머리카락이 바람에 가볍게 날렸다.

햇빛은 꼭 포토샵에서 노란색만 강조한 것처럼 노랬다. 덕분에 동네가 전부 노란빛을 띠고 있었다. 하다못해 흙까지 노란색을 띠는 통에 왠지 모르게 마음이 들떴다. 천천히 집으로 가서 자전거를 세워 두고 느슨하게 묶인 운동화 끈을 꽉 맸다.

나는 기지개를 켜고 집을 나왔다. 타박타박 길을 걸으며 주변을 둘러봤다. 모든 것이 다 반짝반짝 빛났다. 햇빛은 참 신기하다. 계절마다 날씨마다 색을 바꾸어 놓는다. 온 동네가 반짝거린다면 거기에 선 나도 반짝거릴까? 문득 궁금했다. 안전을 위해서 길목에 설치해 둔 동그란 볼록 거울 앞으로 걸어갔다. 거울 속으로 보이는 나도 반짝거렸다.

공부도 뮤지컬처럼 포기할 수 있는 거라면 좋겠다. 그런데 공부는 안 되면 될 때까지 해야 한다. 딱 한 과목 정도는 포기해도 공부하는데 무리가 없다면 좋겠다. 아무리 노력해도 안 되는 과목이 있는데, 그걸 끝까지 하려니 머리가 아프다.

뮤지컬 또한 마찬가지였다. 노랫말도 못 외우고 춤도 못 추는 나에게는 무리였다. 그런데 그 과정에서 느낀 것이 있다. 아니다 싶은 건 그냥 빨리 포기하는 게 속이 편하다는 거다. 어른들은 가끔 과정이 중요하다고 말한다. 하지만 열심히 노력했는데도 안 되면 더 화가 난다. 될 듯 될 듯 안 되는 거랑 안 될 것 같은데 안 되는 건 분명히 다르다. 영어만 해도 그렇다. 나는 영어를 아무리 해도 늘지 않는데, 쌍둥이는 참 잘한다. 이슬이 말처럼 친구 사귀는 데 수준이 따로 있는 거라면 나는 분명 쌍둥이와 어울리지 않는 수준일 거다.

더구나 따돌림까지 당하고 보니 점점 자신이 없어진다. 이번에야 여우비처럼 땅이 젖을 듯 말 듯 당했지만 다음번에는 어떻게 될지 모른다. 재수 없으면 당하는 게 따돌림인데 설마 앞으론 별일이 없겠지. 그걸 오랫동안 당하게 된다면 내가 나로 살 수 있을까?

일요일 아침. M버스를 타기 위해서 정류장으로 향했다. 수정이와 수민이는 벌써 나와 있었다. 상큼한 녹색 채플린 모자로 멋을 낸 수정이는 기분이 좋아 보였다. 수민이는 가볍게 볼을 스치며 불어오는 바람처럼 만나는 순간부터 끊임없이 투덜거렸다. 그런데 성규는 보이지 앉았다.

"남자는 예의상 오 분 정도는 일찍 나와야 하는 거 아냐?"

수민이가 툴툴거렸다.

"그만 좀 징징거려."

수정이가 수민이를 흘겨보며 한마디 했다.

입술을 삐쭉 내민 수민이가 "아휴." 하고는 깊은 한숨을 내쉬었다.

"어! 먼저 와 있었네?"

소매 밑으로 살짝 보이는 팔목이 유독 도드라지게 하얀 성규가 우리를 향해 손을 흔들었다.

"남자가 계집애처럼 손을 흔들긴."

수민이가 볼멘소리를 했다. 그러자 수정이가 수민이 옆구리를 세게 찌르며 얼굴을 찡그렸다.

"자꾸 징징거릴 거야? 우리가 오누이라는 게 부끄러워지고 있거든."

여전히 까칠한 수민이는 버럭 소리를 질렀다.

"그럼, 인연을 끊든가!"

수정이는 정색을 하고 대꾸했다.

"생각해 볼게. 아버지랑 먼저 끊고 그다음에."

칭얼거림을 멈춘 수민이가 들릴 듯 말 듯 작은 소리로 말했다.

"너무 그러지 마. 아버지도 사정이 있겠지."

나는 쌍둥이 사이로 끼어들어 기지개를 켜며 물었다.

“날씨 한번 좋다! 가면 책 많아? 나, 가 본 적이 없어서.”

내 질문에 수정이가 생끗 웃으며 대답했다.

“책 많지. 출판사별로 부스가 따로 있거든.”

“와, 그러면 만화책도 있어?”

진지한 내 말투에 수정이가 고개를 갸웃했다.

“그건 모르겠네.”

뒤에 떨어져서 서 있던 성규가 우리 쪽으로 한 발 다가왔다. 그리고 머뭇거리다 가방에서 주섬주섬 뭔가를 꺼냈다.

“저…… 이거.”

뚜껑을 열지 않고 겉만 봐도 맛있어 보이는 도시락이었다. 도시락을 받아 든 수정이가 “갑자기 기분 좋아지는걸.” 하고 생글거렸다. 살며시 수정이에게 다가간 수민이가 속삭이듯 말했다.

“낯가린다며, 강수정?”

수정이가 못 들은 척 정류장으로 들어서는 버스에 올라탔다.

도서전을 알리는 깃발이 곳곳에 꽂혀 있는 길을 따라 걷다 보니 길게 늘어선 천막이 보였다. 출판사마다 천막을 마련하고 다양한 책을 전시하고 있었다. 우리는 흩어졌다 모였다 하며 책을 구경했다. 수정이는 혼자서 출판사 부스에 들를 때마다 손에 출판사 이름이 적힌 가방이 늘어 갔다.

수정이 두 손에 여유가 없어질 때쯤 성규가 손을 내밀며 "줘." 하고 말했다. 자연스럽게 손을 내미는 녀석의 태도는 몸에 밴 듯했다. 수정이는 기다렸다는 듯 오른손에 들었던 종이 가방을 성규에게 넘겼다. 그리고 수민이를 흘겨보며 말했다.

"어이, 강수민 씨, 좀 보고 배우시지."

"내가 키만 컸지 연약해서."

수민이가 한껏 아파 보이는 표정을 지었다. 방금은 장난스러운 표정을 지은 거였지만, 수민이는 순간순간 정말 아파 보였다.

어쩔 수 없이 누군가와 부딪칠 만큼 사람들이 북적거리는 거리. 본의 아니게 다른 사람의 손이 가볍게 스쳐서 닿기도 했다. 그럴 때마다 수민이는 잠시 멈춰 서 옷을 털었다. 얼굴색은 하얗게 질려 있었다. 나는 왠지 불안한 마음이 들어 수민이와 떨어지지 않게 보폭을 맞춰서 걸었다.

"고맙다."

한참 걷던 수민이가 아주 작은 소리로 속삭였다. 나는 멈춰 서 수민이 얼굴을 바라봤다. 수민이가 생끗 웃으며 내 옆으로 바싹 붙었다.

"강수민, 너 너무 여름이 옆에 붙은 거 아냐?"

어디선가 책을 들고 나타난 수정이가 장난기 섞인 표정으로 말했다. 하얗게 질렸던 수민이 얼굴에 다시 생기가 돌았다. 약간 홍조를 띤 수민이가 갑자기 내 어깨에 손을 올렸다.

"이렇게 붙으면 어쩔 건데?"

수민이의 심술궂은 장난에 얄궂은 내 심장이 철렁했다. 길가 노점에 걸린 색색의 스카프처럼 기분이 들쭉날쭉했다.

여섯

아침부터 줄곧 비가 내렸다. 비가 오면 주로 집에 있는 엄마 아빠는 거실에 나란히 앉아 텔레비전을 봤다. 텔레비전에서는 학교 폭력에 대한 다큐멘터리나 뉴스가 나왔다.

어느덧 점심시간. 아침부터 틀어 놓은 텔레비전 소리가 여전히 들렸다. 올해 들어 자살하는 중·고등학생이 늘어났다는 통계를 대며 학교가 세상에서 가장 위험한 곳처럼 보도했다. 뉴스를 보던 아빠가 걱정스레 물었다.

"너희 학교는 괜찮지?"

"응, 괜찮은데!"

씩씩하게 대답했는데도 아빠는 반신반의하는 모양이었다.

"친구들한테 밉보이지 말고. 사이좋게 지내야 해."

"에이, 아빠는! 잘 지내고 있어요."

가만히 아빠와 내 대화를 듣고 있던 엄마가 뭔가 생각났다는 듯 나를 보았다.

"아직 성적표 안 나왔어?"

나는 슬쩍 엄마의 눈치를 살폈다. 성적이 다른 과목은 그럭저럭 봐줄 만한데, 영어는 이번에도 꽝이다. 영어 성적은 늘 바닥을 칠 뿐 오를 생각을 안 한다. 1학년 때 영어 학원을 다녀 봤지만 정말 재미가 없었다. 다른 아이들은 영어 성적이 올라가는데, 학원에서 유일하게 나만 제자리걸음이었다.

"응, 좀 이따 나와."

성적표가 나올 때가 되었지만 나는 슬쩍 거짓말을 했다. 엄마가 나를 흘겨봤다.

"날짜 보니까 나올 때 됐는데."

역시 엄마는 귀신이다.

"이번에도 성적 나쁘면 두말 않고 학원 가는 거다."

엄마가 다짐을 받아 내려는 듯 내 눈을 똑바로 보았다.

"엄마, 나 정말 영어는 못하겠어."

"엄마니까 이 정도지, 다른 집 엄마들은 얼마나 극성인 줄 알지? 여름이 너 엄마가 이렇게 풀어 줄 때 잘해라."

그때 아빠가 은근슬쩍 내 편을 들었다.

"영어 좀 못하면 어때. 영어랑 상관없는 일 하면 되는 거지."

엄마가 아빠를 흘겨보며 한심하다는 듯 말했다.

"요즘 세상에 그런 일이 어디 있어요?"

자신감 잃은 말투로 아빠가 대답했다.

"찾아보면 의외로 많을 거야."

"하다못해 어디 해외여행을 가더라도 영어를 잘해야 편한 법이에요. 여름이 너 잘 생각해. 엄마가 학교 성적 때문에 꼭 영어를 하라고 하는 건 아니니까."

어떻게든 혼자서 공부해 보고 싶었는데 아무래도 엄마 말처럼 영어 학원을 알아봐야겠다는 생각이 들었다.

나는 방으로 들어가서 컴퓨터를 켰다. 인터넷에 접속해서 동네 근처에 있는 영어 학원을 찾아봤다. 후기를 읽어 보니 좋다 나쁘다 제각각이라 어떤 걸 믿어야 할지 고민되었다. 나는 얼마 전만 해도 코디네이터나 패션 디자이너가 되고 싶었다. 그런데 몇 달 사이 딱히 하고 싶은 일이 없어졌다.

엄마는 일단 괜찮은 대학에 가야 꿈을 이루기가 수월하다고 한다. 엄마 말이 옳다고 생각하지만 나는 공부에 영 재주가 없다. 수정이는 한 번만 봐도 교과서를 달달 외우는데, 나는 열 번을 봐도 가물가물하다. 그렇다고 끈기 있게 책상에 앉아 있는 성격도 못 된다.

반면, 아빠는 건강하게만 자라면 어떤 일을 해도 다 잘할 수 있다고 한다. 거의 불가능한 일이겠지만, 아빠 말이 맞으면 좋겠다. 정신 건강과 몸 건강으로 꿈꾸는 모든 일을 이룰 수 있다면 얼마나 좋을까?

갑자기 내 미래가 불안해져서 울적했다. 이렇게 꿀꿀할 땐 단 게 최고. 지갑을 들고 밖으로 나왔다.

비는 그치고, 촉촉한 바닥이 비가 왔다 간 흔적을 말해 줬다. 메뚜기들이 길가로 올라와 날개를 말리고 있었다. 그 사이사이로 지렁이들도 보였다. 막대기를 하나 집어 지렁이가 말라 죽지 않도록 밭 쪽으로 밀어 주었다. 마지막 지렁이를 슈퍼 화단으로 넣어 주고 일어섰다. 바닥만 보느라 놓치고 있었던 코스모스가 눈에 들어왔다. 코스모스 모양의 초콜릿이 있다면 좋을 것 같다. 꽃잎을 똑똑 떼어 먹는다면 재미있겠다.

나는 슈퍼로 들어가 과자 진열대로 갔다. 비스킷과 스낵을 놓고 고민하는데 낯선 남자가 들어섰다. 주로 동네 사람만 드나드는 슈퍼에 처음 보는 사람이 들어오니 이상한 느낌이 들었다. 세련된 정장 재킷에 커다란 크로스백을 메고, 굽이 닳은 구두를 신은 남자. 이목구비가 뚜렷하고 잘생긴 얼굴과 달리 인상이 날카로운 사람이었다. 남자는 냉장고에서 생수를 꺼내 계산대로 갔다. 슬쩍 슈퍼 아주머니를 살피던 남자가 말을 걸었다.

"아주머니, 혹시 이 근처에 새로 이사 온 사람 없나요?"

"우리 동네에? 이 근처에는 그런 사람 없는데."

"그럼 옆 동네 쪽으로는 있을까요?"

"새로 생긴 아파트 단지가 하나 있는데. 이사 왔다면 그쪽으로 갔겠네."

계산을 마친 남자가 가볍게 눈인사를 하고 슈퍼를 나갔다. 뒤에 서 있던 나도 곧 값을 치르고 슈퍼를 나섰다.

"저기, 학생!"

슈퍼를 벗어나자 남자가 기다렸다는 듯 나를 불러 세웠다. 가볍게 손짓하는 남자의 손목에서 시계가 햇빛에 반사되어 반짝였다. 메탈 시계가 왠지 모르게 거부감이 들었다.

"얼마 전에 전학 온 학생 없니? 남학생인데."

"글쎄요……."

나는 남자가 의심스러워 살짝 얼버무렸다. 가까이 보니까 메탈 시계는 잡지에서 본 적 있는 비싼 브랜드 시계였고, 재킷 안에 그냥 받쳐 입은 듯 보이는 티셔츠도 명품이었다. 가방에는 카메라 상표가 쓰여 있었다.

내가 의심한다는 걸 눈치챘는지 남자가 다정하게 웃으며 말했다.

"나 수상한 사람 아닌데……."

아무려면 수상한 사람이 자기 입으로 수상한 사람이라고 말하나? 나는 더는 대꾸하지 않고 바로 등을 돌려 집으로 향했다. 남자가 나를 부르는 소리가 들렸지만 있는 힘껏 뛰었다. 비싼 시계를 차고, 비싼 옷을 입고, 카메라 가방을 멘 남자.

영 수상한 마음이 가시지 않았다. 나는 집으로 들어서자마자 수정이에게 전화를 걸었다. 동네에 수상한 사람이 나타났다는 내 말에 수정이가 일단 마을 회관 앞에서 만나자고 했다.

나는 도로 집을 나와서 마을 회관으로 달려갔다. 회관 앞 평상에 앉아 수정이를 기다리면서 과자 봉지를 뜯었다. 입 안에서 맴도는 스낵의 짭짤함. 하나를 먹기 시작하면 한 봉지를 다 먹을 때까지 손을 놓을 수 없는 맛의 비밀이 갑자기 궁금해졌다. 이게 내가 다른 아이들과 다른 점인가? 문득 내가 호기심이 너무 많은 아이는 아닐까 하는 고민에 잠겼다.

어느새 수정이가 다가왔는데, 집에서부터 뛰어왔는지 숨을 헐떡였다.

"그 사람 아직도 거기 있어?"

"모르겠어."

나는 멀뚱멀뚱 수정이를 보았다. 수정이가 허탈한 표정으로 가볍게 내 머리를 쥐어박고 평상에 앉았다. 봉지에 손을 넣어 과자를 하나 꺼낸 수정이가 숨을 골랐다.

"다급하게 전화해 놓고는."

"그게 말이지, 낯선 남자가 동네에 나타나서 전학생을 찾는 게 영 수상해서. 냄새가 나지 않아? 찜찜하단 말이지."

"고작 그게 다야?"

나는 고개를 끄덕이며 방끗 웃었다.

"어이구! 수상한 거 찾을 시간에 공부 좀 해."

"나도 너처럼 뭐든 한 번에 외우면 이렇게 성적이 나쁘지 않아."

과자 봉지를 뺏어 든 수정이가 입 안으로 과자를 넣었다.

"한 번만 보면 뭐든 외우는 게 좋은 걸까?"

"당연히 좋지. 난 상상만 해도 좋은걸."

가볍게 손을 털고 일어난 수정이가 장난기 어린 얼굴로 말했다.

"6년 전 1월 4일. 6년 전 3월 27일. 5년 전 1월 12일. 4년 전 8월 21일……."

이렇게 기억할 만한 날짜라면 생일이나 제사다. 그런데 뭐가 많은 걸 보면 일 년에 한 번 있는 생일은 아닐 테고.

"할아버지 할머니 제사야?"

"아니, 날짜가 다르잖아. 맞혀 봐."

곰곰이 생각해 봐도 떠오르는 게 없다.

"생일은 아닌 것 같은데. 뭐야, 말해 줘."

씁쓸한 표정의 수정이가 입에 넣은 과자를 모두 씹어 삼킨 뒤 덤덤하게 말했다.

"아빠가 엄마한테 헤어지자고 말한 날들."

나는 울컥 화가 나서 소리쳤다.

"그걸 뭐하러 다 기억해!"

"그냥 저절로 외워진 거야. 그러니까 기억하지. 좋은 일이든 안 좋은 일이든 빼놓지 않고 생생하게 기억나."

한 번만 보고 외운다면 당연히 좋은 거라고 생각했다. 그래서 마냥 부럽기만 했는데. 수정이의 씁쓸한 표정에 마음이 아팠다. 수정이의 머리 위에 손을 얹고 외쳤다.

"이제 내가 너의 암기 능력을 가져간다. 얍!"

"유치하긴."

빙그레 웃던 수정이가 내 머리 위에 손을 얹었다.

"그럼 내가 너의 깜빡 능력을 가져간다."

수정이가 뮤지컬을 연습할 때처럼 귀여운 동작을 취하며 "이번에는 얍 대신 뿅!" 하고 너스레를 떨었다.

우리는 서로 마주 보고 깔깔거리며 웃었다.

"그리스 연기하는 거 볼래? 춤과 노래까지 전부 연습했는데."

애교 만점 강수정. 언제 쓸쓸한 표정을 지었냐는 듯 아이처럼 귀여운 모습으로 노래를 불렀다.

어느덧 더위가 모두 물러가고 아침 등굣길이 상쾌했다. 볼을 스치는 바람에 기분이 설렜다. 자전거에 속도가 붙어 머리카락이 날리면 기분이 아주 좋았다. 콧노래를 부르며 언덕을 오르는데, 며칠 전에 봤던 낯선 남자가 눈에 띄었다.

"수정아, 저기 저 사람, 내가 봤던 수상한 아저씨야."

"정말?"

수정이 눈길이 그 남자에게 쏠렸다. 남자는 학교로 가는 학생들을 붙잡고 이런저런 질문을 하고 스마트폰에 뭔가를 적고 있었다.

"저 아저씨 가방 안에 빨간 불 보여? 카메라 돌아가는 것 같은데."

수민이가 손가락으로 카메라 가방을 가리켰다. 그러고 보니 남자는 연방 가방을 힐끔거렸다. 학생들에게 질문할 때 가방에 손을 넣었다가 대화가 끝나면 가방에서 손을 뺐다. 거기다 다른 학생들이 보이면 슬쩍 가방 방향을 틀어서 그쪽으로 다가갔다.

"저 사람 뭐야? 기분 나쁘네."

수정이가 얼굴을 찡그렸다.

지나가는 학생들과 대화를 마친 남자가 우리 쪽으로 다가왔다. 주변을 둘러보니 언덕에는 우리밖에 없었다.

"학생들, 뭣 좀 물어봐도 될까?"

수정이가 무시하고 그냥 가자고 내 옆구리를 쿡 찔렀다. 하지만 남자가 뭐 하는 사람인지 궁금했다.

"누구신데, 그러세요?"

내 말에 남자는 나를 알아보는 눈치였다. 잠시 멈칫하던 남자가 표정을 숨기고 말했다.

"나 수상한 사람 아니야."

그러면서 남자가 카메라 가방에 손을 넣었다. 수민이가 불쾌한 듯 헛기침을 했다.

"너희 혹시 3학년 학생 중에 이성규라는 아이 아니?"

대체 왜 성규를 찾는 걸까? 나는 더욱 의심쩍어 따지듯 물었다.

"그건 왜요?"

"내가 성규랑 먼 친척이거든. 하하하하! 성규가 연락이 안 돼서. 그래, 그래서 이렇게 물어보는 거야. 아하하!"

남자도 나처럼 더럽게 연기를 못했다. 누가 들어도 의심이 갈 만한 말투로 우리를 설득하려고 하다니.

수정이가 휴대 전화를 꺼내 어딘가로 전화를 걸었다.

"여보세요. 경찰이죠? 학교 앞에 수상한 남자가 있어서 연락드렸어요."

당황한 남자가 수정이를 바라보았다.

"저기…… 나는 수상한 사람이 아니라 기자야. 잠시만."

남자가 주머니에서 신분증을 꺼내 수정이에게 내밀었다. 신분증을 확인한 수정이가 전화를 끊었다.

"그런데 왜 성규에 대해 묻고 다니세요?"

수정이가 휴대 전화를 가방에 넣으며 물었다.

"별일은 아니고 취재 좀 하려고……."

"별일 아닌데 방송국에서 나오나?"

수민이가 냉랭한 말투로 대꾸했다. 당황한 남자가 우리들 얼굴을 바라보며 머뭇거렸다.

"당사자 허락도 없이 이렇게 조사하는 건 사생활 침해 아닌가요?"

똘똘한 수민이의 질문에 남자는 아무 말도 하지 않았다. 그러더니 주변을 두리번거리다가 갑자기 한곳을 똑바로 바라보며 그쪽으로 걸어가기 시작했다. 앞으로 재빠르게 간 남자는 검은색 고급 승용차에 올랐다. 남자가 봤던 방향을 보니 성규가 걸어오고 있었다.

"뭐야, 저 사람?"

수정이가 의심 가득한 눈초리로 승용차 뒤꽁무니를 째려보았다.

"여기서 뭐 해?"

가벼운 걸음으로 우리를 향해 걸어온 성규가 손을 흔들었다.

수정이가 심각한 표정으로 성규를 보고 말했다.

"혹시 친척 중에 기자 있어?"

"기자? 우리 친척 중에는 없는데."

"이상하네. 있지……."

수정이가 턱에 손을 괴고 낯선 남자가 성규를 찾더란 이야기를 들려주었다. 옆에 서서 듣는 수민이는 연방 고개를 끄덕였다. 아무리 생각해도 수상하다.

나는 수업 시간에도 쉬는 시간에도 그 남자가 어색하게 연기를 하던 모습이 생각났다. 앞자리에 앉은 성규를 훔쳐보면서 곰곰이 생각에 잠겼다. 도대체 어떤 비밀이 있는 걸까? 성규가 아역 배우 출신이니 기자가 찾아올 수도 있다. 하지만 본인 몰래 찾아오는 기자라니. 이건 뭔가 수상하다.

"뭘 그렇게 봐?"

수민이 질문에 아무것도 아닌 척 대답했다.

"아침에 봤던 그 남자 말이야……."

"아, 그 기자."

우리 이야기가 들리는지 성규가 뒤를 돌아봤다.

"너는 뭐 생각나는 거 없어?"

내 질문에 성규가 뭔가 짚이는 일이 있는지 입술을 깨물었다. 잠시 망설이던 녀석이 고개를 저었다. 분명히 짚이는 게 있어 보이는 표정인데, 아니라고 하는 이유가 궁금했다.

"저기……."

가만히 우리 이야기를 듣고 있던 한나가 머뭇거리며 말을 꺼냈다.

"아침에 그 이상한 아저씨가 나보고 대뜸 성규 아냐고 묻더라."

우리 반에서 제일 일찍 나오는 한나가 그 남자를 봤을 정도라니. 도대체 남자는 언제부터 학교 앞에 와 있었던 걸까?

"한나야, 너 오늘도 일찍 왔어?"

내 질문에 한나가 조심스럽게 고개를 끄덕였다.

도대체 왜 기자라는 사람이 성규의 뒤를 캐고 다니는지 찝찝했다. 혹시 모르니까 집에 가서 꼭 뉴스를 챙겨 봐야겠다는 생각이 들었다.

"선배, 왜 그렇게 표정이 심각해요?"

복도를 지나다 마주친 종현이가 웃으며 물었다.

"아침에 이상한 사람을 봐서. 혹시 너도 봤어?"

"아, 수정 선배도 그렇게 물어보던데. 그 기자요? 저는 지각해서 못 봤어요."

"그렇구나."

"뭐, 별일 있겠어요?"

"나는 왜 이렇게 뭐가 찝찝하지?"

"선배답네요."

종현이가 손을 흔들며 멀어져 갔다.

나는 내내 찝찝한 기분에 사로잡혀 집에 오자마자 바로 텔레비전을 켰다. 평소에 보지 않던 뉴스를 채널을 돌려 가며 챙겨 봤다. 뉴스가 끝날 때까지 별다른 소식은 나오지 않았다. 그래서 방으로 들어와 컴퓨터를 켰다. 인터넷 창을 띄우자 메인 화면에 자극적인 기사 제목이 보였다. 〈학교 폭력 가해자들은 어떻게 지내고 있나〉라는 제목 밑에 실린 사진이 익숙했다. 모자이크 처리를 해서 흐릿했지만 분명히 우리 학교였다. 나는 바로 기사 제목을 클릭했다.

피해자들은 정신과 치료를 받는데 그들의 희망을 앗아 간 가해자들은 어디에 있는가? 최근 심각한 사회 문제로 대두된 학교 폭력 가해자들에 대한 솜방망이 처분이 문제 되고 있다. 학교 폭력에 가담한 가해자들은 미성년이라는 이유로 지나치게 관대한 처벌을 받는다. 특히 대다수 가해자들이 제2의 피해자를 양산하는 것으로 알려져 사회적 물의를 빚고 있다. 한 중학교에서 일어난 집단 따돌림 사건의 가해자 A군 역시 전학을 간 뒤 아무런 처분 없이 평범하게 학교생활을 하는 것으로 드러났다. 이런 상황은 학교 폭력 피해자를 두 번 죽이는 잔혹한 짓이다.

동네 사람이라면 누구나 알아볼 수 있는 학교 건물과 그 주변 풍경. 최근 우리 학교에 전학 온 학생은 성규밖에 없었다. 그러니 기사에 나오는 가해자 A군은 누가 봐도 명확했다. 기사를 계속 읽어 보니 A군은 가해 학생 네 명 중 한 명으로, 경기도의 한 학교로 전학을 갔다. 다른 두 명은 외국으로 유학을 가고, 마지막 한 학생만이 그 학교를 계속 다닌단다. 그 학생은 어쩔 수 없이 폭력에 가담한 가해 학생이자 피해 학생이라고 했다. 그리고 학교 선생님들과 학생들, 학교 관계자들까지 모두 A군의 잔인함에 치를 떨었다. A군은 텔레비전에 출연했던 화려한 이력으로 학생들을 현혹시켜 학교 폭력에 가담하게 했다고 한다.

기사를 읽을수록 성규가 분명했다. 그런데 문득 의문이 들었다. 텔레비전에 출연했다는 이유로 아이들을 선동해서 친구를 괴롭히게 할 수 있을까? 그 학교 학생들은 그렇게 생각이 없는 건지 참 이상하다.

마지막으로 기사 끝에 첨부된 동영상을 클릭했다. 동영상은 딱 봐도 우리 학교 아침 등굣길. 우리 학교 학생들이 인터뷰에 응한 장면이 나왔다. 전학 온 A군이 순진한 여학생을 따돌리고 때리기까지 했다는 증언이었다. 그 따돌림을 당했다는 여학생은 나를 말하는 것 같은데, 인터뷰에 따르면 내가 맞았단다. 아무리 기억력이 나빠도 나는 맞은 걸 잊을 정도로 머리가 나쁘지는 않다. 직접 그 여학생의 증언도 듣지 않고 동영상을 첨부하다니. 지금까지 인터넷에 올라오는 기사는 별 의심 없이 믿었는데. 이렇게 사실 확인도 안 해 보고 그대로 기사를 올리다니 뒤통수를 크게 얻어맞은 느낌이다.

외국 영화를 볼 때 햇빛이 쨍쨍한 날 살인 사건이 벌어지면 공포감은 더 커진다. 끔찍한 사건이 내 눈앞에서 벌어지는 양 너무 가깝게 느껴지기 때문이다. 오늘 맑은 날씨가 그런 느낌을 주었다.

교실로 들어가니 반 아이들이 모두 성규 이야기를 하고 있었다. 나를 본 미영이가 다가와 다정한 척 물었다.

"정말 이성규가 때렸어?"

다른 아이들도 모두 나를 보며 내 대답을 기다리는 눈치였다.

"맞은 적 없는데."

모두들 안심하는 표정으로 고개를 돌렸다.

"창피해서 거짓말하는 건 아니고?"

단 한 번도 나랑 친하게 지낸 적이 없으면서. 이렇게 무슨 일이 생길 때만 와서 다정한 척하는 미영이가 참 싫다.

"없는 말 만들어 내는 건 여전하구나!"

"아유, 왜 그래?"

미영이가 머쓱해하며 꽁지를 뺐다. 미영이는 자리로 돌아가서도 성규가 처음부터 좀 별로였다며 현준이에게 험담을 늘어놓았다. 성규가 전학 왔을 때 친해지려고 바싹 붙어 다니던 건 싹 잊었는지. 미영이 입에서는 자꾸만 험담이 쏟아져 나왔다.

미영이에게 조용히 하라고 하려는데 뒷문이 열렸다. 성규였다. 아이들은 갑자기 벙어리가 된 것처럼 입을 딱 다물었다. 순간 나는 아이들 얼굴에서 나에게 문자를 보냈던 천사들의 표정을 읽었다.

나는 일부러 교실이 쩌렁쩌렁 울리도록 큰 소리로 성규 이름을 부르며 인사를 했다.

“성규야, 안녕!”

“어, 안녕.”

성규 목소리에서 지친 기색이 묻어났다. 성규는 제자리에 앉아 가방을 풀더니 바로 책상에 엎드렸다.

모두 슬쩍슬쩍 눈치를 살피며 어제 인터넷 기사에 떴던 이야기를 아주 작은 소리로 떠들었다. 성규가 하루에 열 명을 때리고 그중에 두 명을 운동장 한가운데다 파묻었다는 괴담까지 들렸다. 설마 그 이상한 기사 내용을 전부 믿는 걸까? 황당하고 어이없는 목격담이 아이들 입에서 연방 쏟아져 나왔다.

뮤지컬 아침 연습을 끝낸 수민이가 교실로 왔다.

“이성규! 오늘 연습 왜 안 나왔어? 주인공이 빠지는 게 말이 돼?”

“일이 좀 있어서…….”

성규가 말끝을 흐렸다.

“오후 연습에는 같이 가. 음악 선생님이 같은 반이니까 나보고 함께 오래.”

고개를 끄덕인 성규는 다시 책상에 엎드렸다.

그러고 보니 미영이는 왜 오늘 아침 뮤지컬 연습에 나가지 않았을까? 연습하고 들어온 수민이를 보니까 문득 궁금해졌다. 나는 정말 궁금증이 중증이다. 김미영 같은 애가 뮤지컬 연습을 하건 말건 이게 왜 또 궁금해지는 걸까.

뒷문 근처에 모인 몇몇 아이들에게 미영이가 하는 말소리가 들렸다.

"근데 성규보다 종현이가 더 괜찮은데, 왜 성규가 뮤지컬 주인공이 된 거야?"

도대체 미영이는 뇌가 있는지 없는지 궁금하기 짝이 없다. 얼마 전까지만 해도 성규 옆에 붙어서 알랑거리던 걸 잊었나? 나는 얼굴을 찡그리며 그쪽을 흘겨봤다.

내 얼굴에서 '욱' 기운을 읽어 낸 수민이가 작은 목소리로 말했다.

"미영이는 엄마 때문에 뮤지컬 그만뒀어."

"그래?"

나는 눈을 동그랗게 뜨고 수민이를 보았다.

"공부해야 하는데 뮤지컬 같은 거 할 시간 없다고. 연습 시간에 찾아와서 난리도 아니었다. 걔도 살기 힘들겠더라."

책을 펼쳐 놓은 수민이가 미영이와 여자애들이 모여 있는 쪽으로 고개를 돌렸다. 그러고는 한심하다는 듯 말했다.

"너희들, 성규가 연기하는 걸 봤으면서도 그런 소리를 하냐? 시끄러우니까 그런 말 할 거면 나가서 해라."

역시 강수민이다. 모두들 한마디도 안 하고 있는데 속 시원하게 정리한다. 수민이가 안 했다면 내가 했겠지만. 그때 지친 기색이 뚜렷한 성규가 우리를 돌아봤다. 수민이는 어깨를 으쓱하고는 책으로 눈길을 옮겼다. 한나는 고개를 돌리고 엄지손가락을 올리며 생끗 웃었다. 가짜 천사들 속에서 진짜 천사를 찾은 기분이다.

소문은 소문일 뿐이니까. 그냥 그렇게 넘어갈 줄 알았다. 하지만 성규에 대한 소문은 꼬리에 꼬리를 물고 점점 더 크게 퍼져 나갔다. 시간이 지날수록 아이들은 소문을 사실로 믿는 것 같았다.

“오늘 성규가 아파서 결석했다. 다들 독감 조심하렴.”

선생님이 웃으며 말했지만 아무도 그 말을 믿지 않는 눈치였다. 마치 무엇인가에 홀린 것처럼 아이들은 성규를 의심하고 또 의심했다. 내가 잠시 괴롭힘을 당할 때 봤던 눈빛들로 돌아와 있었다.

점심시간에 다른 애들보다 일찍 교실로 들어와 보니 미영이만 있었다. 하필 딱 같이 있기 싫은 사람과 둘이만 있는 상황이라니. 흘긋 미영이를 보고 자리에 앉았다.

“저기 한여름, 있잖아, 너 수정이 학원 어디 다니는지 알아? 동네 학원엔 안 다니는 것 같아서.”

쭈뼛거리며 다가온 미영이가 물었다.

“그건 왜?”

“아니, 내가 학원을 옮기려고 하는데. 수정이는 어디 다니나 궁금해서.”

“수정이 학원 안 다니는데.”

“정말? 진짜?”

얼굴을 찌푸린 미영이가 잠시 멈칫하다 다시 말을 이었다.

"너 거짓말하는 거 아냐?"

"그런 걸 왜 거짓말하냐? 정말 수정이 학원 안 다녀."

수정이가 1주일에 한 번씩 서울로 과외를 받으러 가지만 그건 말하지 않았다. 하지만 거짓말은 아니다. 학원을 다니는지 물어본 것에만 대답해 준 거니까.

"그러면 어떤 문제집 쓰는지 그거 알아봐 줄 수 있어?"

이 아이 진짜 이상하다. 그동안 나한테 했던 행동은 생각도 안 하고 어떻게 이렇게 뻔뻔하게 부탁할 수 있는지. 속에 뭐가 들어 있는지 볼 수 있다면 들여다보고 싶다.

"이번에 성적이 떨어져서. 꼭 좀 알아봐 주면 안 될까?"

그걸 내가 왜 알아봐 주느냐고 짜증을 내려다 미영이 얼굴을 봤다. 표정이 너무 심각했다. 문득 정말 싫어하는 나한테 이런 부탁을 하고 있는 미영이가 안쓰러웠다. 그리고 미영이가 떨어뜨린 약이 떠올랐다.

"휴, 물어봐 줄게."

"정말? 진짜? 그런데 이거 다른 애들한테는 비밀로 해 주면 안 될까?"

"그러든가."

나는 무뚝뚝하게 대답하고 책상 서랍에서 노트를 꺼냈다. 미영이는 자리를 떠나지 못하고 여전히 내 눈치를 살폈다.

"왜? 하고 싶은 말 더 있어?"

"꼭 비밀로 해 줘."

정말이지 약한 모습이 어울리지 않는 아이다.

"나는 네가 아니거든요. 비밀로 해 준다고 하면 비밀 지켜."

수정이네 집에 놀러 가서 보면 수정이가 보는 문제집은 좀 어려워 보였다. 공부랑 나랑 사이가 안 좋아서 그런 것도 있지만. 책장에는 보통 아이들이 보는 수준을 넘어서는 문제집이 많이 꽂혀 있다. 수학 경시대회나 영어 경시대회 전용 문제집도 많고. 내가 그걸 적어다 줘도 미영이가 그 문제집을 풀 수 있을지 모르겠다. 어쨌든 약속은 했으니까 지킬 거다.

나는 수정이에게 문자를 받고 수정이네 집으로 향했다. 문이 열려 있어서 들어가니 수정이가 거실 한쪽 구석에서 모빌을 조립하고 있었다. 안경을 쓴 수정이는 심각한 표정으로 나뭇조각을 맞췄다. 나뭇조각과 흩어진 공구가 얼마나 오래 조립을 하고 있었는지 말해 줬다. 수정이 주변에 놓인 물건이 많아서 약간 떨어진 곳에 자리를 잡았다.

"왜 불렀어?"

"여름아, 거기 탁자 위에 전화번호 하나 적혀 있을 거야. 그쪽으로 전화해서 오해 하나만 풀어 줘라. 우리 엄마 부탁."

"응? 무슨 일인데?"

"성규네 어머니가, 성규가 널 진짜로 때린 줄로 아나 봐."

수정이가 조립을 하다 말고 기지개를 켰다. 그리고 이야기를 계속 했다.

"우리 엄마도 난리가 아니야. 여름이 네가 맞은 적 없다고만 말해 주면 돼."

"아주머니랑 성규네 엄마랑 많이 친한가 봐?"

어깨를 으쓱한 수정이가 내 질문에 덤덤하게 대답했다.

"우리 엄마가 친구가 있다는 걸 처음 알았어. 만날 아버지 뒤만 쫓는 줄 알았는데."

"아줌마한테 왜 그래?"

수정이는 바닥에 내려놓았던 모빌 조각을 집어 들며 냉소적으로 말했다.

"우리 엄마랑 같이 살아 봐. 너도 이런 소리 할걸."

나는 조심스럽게 전화번호를 하나하나 확인해 가면서 휴대 전화 자판을 눌렀다. 긴 신호음 끝에 피곤에 지친 여자의 목소리가 들렸다.

"여보세요. 혹시 성규 어머니 전화인가요? 저는 성규 친구 한여름이라고 합니다."

잠시 말이 없던 여자는 성규네 엄마가 맞다고 했다.

"아주머니가 오해하고 있는 게 있다고 하셔서. 제가 수정이 친구거든요. 수정이 아시죠?"

전화기 건너편으로 미세한 떨림이 느껴졌다. 또다시 말이 없던 아주머니가 성규에게 맞은 적이 있느냐고 물었다.

“그런 적 없어요. 아시잖아요, 성규 그런 애 아닌 거. 기사가 잘못된 거예요.”

여전히 미심쩍어하는 목소리의 아주머니가 전화를 해 줘서 고맙다고 했다.

“저, 아주머니, 그런데 성규 몸은 괜찮은가요?”

약간 당황한 아주머니가 애써 밝은 목소리로 성규가 많이 좋아졌다고 했다.

“집이 어딘지 알려 주시면 문병 갈게요.”

아주머니는 문자로 주소를 보내 준다고 하며 전화를 끊었다.

나는 통화가 끝났는데도 한동안 같은 자세로 있었다. 나뭇조각을 모아서 모빌을 조립하던 수정이가 고개를 갸웃하며 물었다.

“뭐하러 주소 물어봐? 우리 엄마도 알 텐데.”

“그냥. 한마디라도 더 해 드려야 할 것 같아서.”

때마침 문자가 와서 확인하니 성규네 집 주소가 적혀 있었다.

“지금 가 봐야겠다.”

깜짝 놀란 수정이가 나를 올려다봤다.

“성규네?”

“응. 가 봐야 할 것 같아.”

거실을 막 나가려는데 수민이가 2층에서 성큼성큼 내려왔다.

“같이 가. 음악 선생님이 책임지고 이성규 데려오라고 하셨어.”

"나도 갈까?"

수정이가 바닥에 놓인 모빌을 정리하며 물었다.

"이거 그냥 두면 엄마 기절한다. 강수정, 넌 이거나 치우고 있어."

고개를 끄덕인 수정이가 가볍게 한숨을 쉬고 바닥을 훑었다. 수정이를 보다가 갑자기 미영이가 했던 부탁이 떠올랐다.

"참, 수정아, 너 문제집 뭐 쓰는지 나한테 문자로 좀……."

수정이가 고개를 갸웃하며 "그건 왜?" 하고 물었다.

"쓸 데가 있어. 그런데 성규 집에 있겠지?"

내 앞에 멈춰 선 수민이가 물었다.

"왜 갑자기 가기 싫어?"

"갈 거야. 그냥 마음의 준비."

"빨리 나가자."

수민이가 앞장서 밖으로 나갔다.

햇살이 점점 약해지는 저녁. 우리는 동네를 벗어났다. 버스를 타려고 했지만 급할 게 없어서 그냥 걸어가기로 했다. 해 질 무렵이 되니까 날이 제법 쌀랑했다. 일부러 재게 걸어서 몸에 열이 나게 했다.

"추워?"

수민이가 입고 있던 카디건을 벗으려고 했다. 나는 수민이가 카디건을 벗기 전에 뛰어서 앞으로 빠르게 나아갔다.

"뛰면 열 올라. 얼른 와."

낯익은 길 끝에 성규가 사는 아파트 단지가 보였다. 횡단보도를 건

너서 아파트 정문으로 들어서자 바로 경비실이 있었다. 단지에 들어서서 성규가 사는 동을 찾았다. 그리고 그쪽으로 걸어갔다. 성규가 사는 동으로 들어가려고 인터폰을 눌렀는데 안에서 받지 않았다. 우리는 동 앞에 서서 어떻게 해야 할지 고민했다.

"그냥 가자."

내가 수민이 팔을 잡아당기며 말했다. 너무 즉흥적으로 찾아가자고 한 것 같아 미안한 마음이 들었던 것이다.

"여기까지 왔는데, 얼굴이라도 보고 가자."

뜻밖의 대답이었다.

"인터폰을 안 받잖아. 병원에 갔을 수도 있고."

수민이를 끌고 가려는데 문이 열리며 한 사람이 나왔다. 수민이가 재빠르고 자연스럽게 안으로 들어갔다. 나도 얼결에 따라 들어갔다.

"몇 층이야?"

"11층."

엘리베이터 단추를 누른 수민이가 갑자기 어쩔 줄 몰라 했다.

"아, 물티슈 챙기는 거 깜박했다."

"나도 없는데, 어쩌지?"

"죽지 않겠지?"

곧 울 것 같은 그렁그렁한 눈으로 수민이가 나를 내려다봤다. 나는 애써 침착하게 말했다.

"가끔 이럴 때 있었잖아. 손 씻으면 되지."

우리는 11층에 내려 초인종을 눌렀다. 또 아무런 기척이 없었다. 뒤에서 지켜보고 서 있던 수민이가 다가왔다.

"나 진짜 죽을 것 같은데, 이 자식 왜 문을 안 열어?"

수민이가 소매로 손을 감싸고 문을 두들기기 시작했다.

"수민아, 그만. 집에 아무도 없나 봐. 그냥 가자."

"분명히 안에 있어. 아니, 있어야 해. 두드러기 날 것 같단 말이야."

"앞에 편의점 있던데. 거기서 물티슈 사자."

"정말 못 참을 것 같단 말이야."

어떻게든 수민이를 끌고 가려는데 현관문이 열렸다. 머리가 부스스한 성규가 무릎 나온 트레이닝복을 입고 나왔다.

"시끄러워서 잠을 잘 수가 없네."

"진작 열지."

수민이가 성규를 밀치고 안으로 뛰어 들어갔다. 그리고 바로 물소리가 들렸다.

나도 조심스럽게 현관 안으로 진입했다. 현관에 들어서니 가지런히 정리된 신발장이 보였다. 열린 신발장에는 색색의 다양한 신발이 가지런히 놓여 있었다. 그중 유독 눈에 띄는 신발이 있었다. 어디서 본 것 같은 흰색 하이탑 운동화였다. 화려한 색깔의 운동화들 사이로 보이는 흰색 운동화가 유독 튀었다.

나는 소파에 앉으며 물었다.

"앉아도 되지?"

“이미 앉아 놓고는.”

성규가 나를 내려다보며 말했다.

나는 고개를 들어서 녀석의 얼굴을 살폈다. 선생님 말처럼 아프긴 아팠는지 하루 사이에 홀쭉해 보였다. 중학생에게 어울리지 않는 다크서클이 눈 밑에 짙게 드리워 있었다.

소파에 걸터앉은 수민이는 이제야 마음이 놓이는지 진정된 목소리로 물었다.

“오늘 연습 왜 안 나왔냐?”

“학교를 나갔어야 연습하러 가지.”

성규가 퉁명스럽게 대답했다.

“학교는 학교고, 뮤지컬 연습은 연습이지.”

수민이의 말도 안 되는 논리에 성규와 내가 동시에 고개를 저었다. 어깨를 으쓱한 수민이가 쐐기를 박았다.

“학교는 빠져도 뮤지컬 연습은 나와야지. 이렇게 걸어 다닐 정도면 학교도 나올 수 있었겠네.”

성규는 얼굴을 찡그리며 수민이를 노려봤다. 둘은 당장이라도 싸울 것 같은 분위기로 서로를 노려봤다. 살벌한 분위기를 파악하지 못하고 내 배에서 꼬르륵 소리가 났다. 얼른 배를 감쌌지만 다시 한 번 우렁차게 꼬르륵 소리가 났다. 슬며시 고개를 들어서 두 녀석의 표정을 살폈다. 둘은 어이없다는 듯 나를 바라보았다. 나는 부끄러워서 일부러 더 당당하게 물었다.

"배고파서 그래. 뭐, 먹을 거 없어?"

성규는 고개를 저었다.

"정말 아무것도 없어? 라면도?"

나는 세상이 무너지기라도 한 것처럼 침울한 표정을 지었다.

나를 멍하니 보던 성규가 몸을 틀어 부엌으로 갔다. 달그락거리는 소리와 함께 냄비에 물을 받는 소리가 들렸다. 잠시 후 보글보글 라면 끓는 소리가 들리더니 부엌에서 맛있는 냄새가 풍겨 왔다.

나는 슬그머니 부엌으로 들어가 보았다. 성규는 젓가락을 들고 익어 가는 라면을 휘휘 젓고 있었다. 나는 뻔뻔하게 식탁 앞에 앉으며 말했다.

"빨리빨리. 한국 사람이라면 빨리빨리 알지?"

성규는 얼빠진 표정으로 내 쪽을 돌아봤다. 나는 뻔뻔하게 식탁을 탁탁 치고 성규에게 손을 내밀었다.

"먹으라고 끓인 거잖아. 꼬르륵 소리 그치게 얼른 줘."

"하긴. 그 정도 꼬르륵 소리면 소음 공해다."

성규는 그릇과 수저를 찾아서 식탁에 올린 뒤 냉장고에서 김치를 꺼냈다. 그사이 수민이도 식탁으로 와서 자리를 잡았다. 라면이 담긴 냄비와 국자를 식탁에 올려놓고 성규도 자리에 앉았다.

나는 첫 번째로 라면을 퍼서 그릇에 담았다. 한 젓가락 크게 퍼서 라면을 입 안으로 가져갔다. 면발이 탱탱해서 씹는 맛이 좋았다. 내가 끓였을 때랑 확연하게 다른 맛이라 잠시 이성을 잃고 라면을 먹었다. 실컷 먹다 배가 불러서 젓가락을 놓았다. 성규는 겨우 한두 젓가락 뜨는가 싶더니 김치만 깨작거렸다.

"팍팍 좀 먹어. 이렇게 안 먹으니까 말랐지."

나는 라면 냄비를 성규 쪽으로 밀었다.

"배부르니까 이제야 이성규가 보이냐?"

수민이의 말투가 퉁명스러웠다.

"누가 늦게 먹으래? 힘이 없을 때일수록 공격적으로 먹어야 하는 거야. 밥이 보약이라는 말도 있잖아."

성규가 입을 가리고 "풋." 하고 새어 나오려는 웃음을 억지로 참았다. 수민이는 어이가 없는지 고개를 절레절레 흔들었다.

"난 이제 집에 갈란다."

내가 벌떡 일어서며 말했다. 수민이가 당황하며 나를 따라 일어섰다. 나는 현관으로 가서 신발을 신었다. 옆에서 머뭇거리는 수민이의 신발을 찾아서 챙겨 줬다.

"학교에서 봐!"

나는 앞집까지 들릴 만큼 쩌렁쩌렁한 목소리로 인사를 하고는 얼른 문을 닫았다.

일곱

자전거 불빛을 밝혀도 자욱한 안개 때문에 눈앞이 뿌옇게 흐렸다. 차도를 달리는 차들은 전조등을 켜고 비상등을 깜빡거리며 천천히 달려갔다. 수민이와 수정이와 나도 천천히 자전거를 몰았다. 교복 재킷에 안개가 내려앉아 눅눅한 등이 서늘했다.

"간다고 나오려나?"

반쯤 감긴 눈으로 수정이가 하품을 했다.

수민이가 제법 오빠다운 말투로 말했다.

"강수정, 눈 똑바로 뜨고 핸들 잡아! 위험해!"

"졸린 걸 어떡해. 아함."

수정이가 하도 하품을 하는 통에 나에게도 하품이 옮았다. 턱이 얼얼할 만큼 입을 쫙 벌려서 하품을 했다. 내가 하품을 하자 수민이까지 하품을 했다. 우리 셋은 나란히 하품을 하며 자전거 페달을 밟았다.

희미했던 아파트 단지가 가까워지고 곧 성규가 사는 101동이 보였다. 연이어 하품을 하던 수정이가 물었다.

"나올까?"

"안 나오면 데리고 나오자."

나는 두 주먹을 불끈 쥐었다.

학교 가기 싫어하는 친구를 집까지 찾아가서 학교에 데리고 가는 것이 좀 지나친 행동처럼 보일 수도 있다. 하지만 내가 겪어 본 결과, 학교에 가기 싫을 땐 집 밖으로 나서는 일보다 더 큰 문제가 있다. 학교까지 가다가 중간에 딴 길로 새고도 싶고, 학교 앞에 이르러서도 들어가기가 싫은 것이다.

나는 초콜릿 하나를 꺼내 수정이에게 내밀었다.

"단거 먹으면 기분이 좋아진대. 긍정의 마음을 갖자."

초콜릿을 먹은 수정이 표정이 조금 밝아졌다. 주머니를 뒤져서 초콜릿 하나를 더 꺼내 입에 넣었다.

"나는?"

수민이가 손을 내밀었다. 나는 주머니에서 초콜릿을 찾았지만 남아 있지 않았다.

"없네?"

"뭐야? 지금 먹은 거라도 뱉어!"

수민이가 성큼 다가왔다. 나는 슬금슬금 뒷걸음질 치며 물러났다.

"아야!"

익숙한 목소리에 돌아보니 성규였다. 그리고 녀석의 발이 내 발밑에 깔려 있었다. 얼른 발을 옮겼다.

"미안."

성규의 숨소리가 들릴 만큼 가까운 거리라 나는 물러나려고 몸을 움직였다. 약간 틈이 벌어지자 수민이가 자연스럽게 성규와 나 사이에 끼어들었다.

"내 자전거 뒤에 타."

수민이가 자전거를 내밀었다. 어색한 듯 머리를 긁적이던 성규가 자전거 뒤에 올라탔다. 수민이가 자전거 페달을 밟아 출발하자 성규는 수민이 허리를 잡지 않으려고 애썼다. 수민이는 그다지 신경 안 쓰는 눈치였는데 성규만 기를 쓰고 버텼다. 하지만 자전거가 더 빠르게 나아가자, 성규는 결국 수민이의 허리를 잡았다. 그 모습을 본 수정이와 내가 동시에 킥킥거리며 웃음을 터트렸다.

수정이와 수민이, 성규 모두 뮤지컬 연습을 하러 가고 나만 혼자서 교실로 들어갔다. 너무 이른 시간이라 교실에는 아무도 없었다. 나는 책상에 무릎 담요를 접어서 쿠션처럼 올리고 가장 편한 자세로 엎드렸다. 그리고 곧 잠에 빠졌다.

잠결에 웅성거리는 소리가 들려 눈을 뜨니 미영이가 보였다. 수정이가 푸는 문제집을 알려 줘서 고맙다고 하려나. 그걸 알려 준 건 비밀로 하기로 했는데. 아침부터 이 아이는 왜 내 앞에 서 있는 걸까?

"교실에서 노숙하니?"

얄미운 말투에 잠이 확 달아났다. 기지개를 펴고 책상 위에 있는 무륲 담요를 정리했다. 가만히 나를 지켜보던 김미영이 궁금한 듯 물었다.

"근데 이성규가 정말 너 안 때렸어? 소문에 너 맞았다던데?"

아니라고 몇 번을 말해야 믿을까? 나는 얼굴을 찡그린 채 대답했다.

"안 맞았다니까! 그리고 성규는 여자 때리고 그러는 애 아니거든."

"내숭 아냐? 너, 협박 때문에 무서워서 이러는 거지?"

처음에는 성규랑 어떻게든 붙어 다니면서 친한 척이란 친한 척은 다 하더니. 이상한 기사가 인터넷에 나왔다고 한순간에 돌변하는 미영이가 얄미웠다. 욱하는 마음에 윗몸을 벌떡 일으켰다.

"아니라고 몇 번을 말해! 너 귀 먹었냐? 그리고 내숭은 네가 전문 아냐!"

입을 비쭉 내민 미영이는 제자리로 돌아갔다.

우리 대화를 엿듣고 있던 아이 중 하나가, "저렇게까지 아니라는 걸 보니까 성규가 여름이 안 때렸나 봐." 하고 속삭이는 소리가 들렸다.

그나저나 미영이는 왜 자꾸 이렇게 내 주변에서 얼쩡거리는지 모르겠다. 나는 누가 싫으면 얼굴도 보기 싫고 말도 섞기 싫던데. 도대체 왜 이렇게 나랑 말을 섞으려 드는 걸까? 설마 대단한 반전으로 나랑 친구가 되고 싶다거나 그런 건 아니겠지.

나는 교실 공기가 갑갑해서 복도로 나갔다. 복도도 갑갑하긴 마찬가지여서 매점으로 걸음을 옮겼다.

매점으로 걸어가는데 스치는 아이들이 한두 번씩 힐끔거리며 나를 쳐다봤다. 혹시나 예민하게 느낀 걸까, 하는 생각에 천천히 걸어가다가 획 뒤로 고개를 돌려 보았다. 그때 나를 쳐다보던 여학생과 눈이 마주쳤다. 고양이가 갑자기 정면으로 눈을 마주치면 잠시 움직이지 못하듯 여학생은 멍하니 쳐다보고 있었다. 내가 고개를 돌리자 그제야 여학생이 움직이는 소리가 들렸다.

매점 앞에서 문을 열려고 하는데 안에서 다투는 소리가 흘러나왔다. 매점 한가운데서 종현이가 누군가와 말다툼을 벌이고 있었다.

"이성규, 그 자식이 학교 망신을 시키고 있잖아! 우리 학교 교문에 걸려 있는 거 본 적 없냐? 폭력 없는 모범 학교라고!"

"성규 형이 누구 때리는 거 본 적 있어요?"

"여자애 때렸다고 기사까지 났는데, 그럼 기자가 거짓말하냐?"

내가 손을 번쩍 들고 끼어들었다.

"저기."

고개를 돌려서 내 얼굴을 알아본 남학생이 깜짝 놀랐다. 맞았다고 소문이 난 사람이 확실히 나인 모양이다.

"나 맞은 적 없거든. 기사 뜬 거 사실 아니야. 아, 그러고 보면 기자가 거짓말한 게 맞네."

종현이가 씩씩거리며 그 남학생을 노려봤다.

"여름 선배가 아니라잖아요. 성규 형에 대해서 말 함부로 하지 마세요."

당황한 듯 꼬리를 내린 남학생이 매점을 빠져나갔다.

왜 벌어지지도 않은 일이 사실처럼 되었을까? 내가 맞았다고 말한 적도 없는데 꼭 직접 소문을 낸 당사자가 된 기분이다. 이 소문에 시달리는 시간이 앞으로 얼마나 더 오래갈지 한숨이 다 나왔다.

나는 씩씩거리고 있는 종현이를 뒤로하고 바나나 우유 2개를 샀다. 우유를 들고 갔을 때도 녀석은 분이 안 풀리는지 여전히 씩씩거렸다. 나는 바나나 우유에 빨대를 꽂아서 내밀었다.

"열 좀 식혀."

우유를 받아 든 종현이가 꾸벅 인사를 했다.

"왜 그렇게 화냈어? 성규랑 친하니?"

"아직 많이 친한 건 아닌데. 제가 어릴 때 성규 형이 나온 드라마 보면서 배우가 되고 싶다고 생각했거든요. 그런 성규 형이 하지도 않은 일 때문에 욕먹는 게 싫었을 뿐이에요."

나는 우유를 한 모금 마시고 말했다.

"만약에 성규가 누군가를 때렸던 적이 있다면?"

"선배까지 왜 이래요?"

종현이가 화를 냈다.

"아니, 그럴 수도 있잖아. 실수는 누구나 하는 거니까."

"말도 안 되는 소리 하지 마세요."

"소문을 보면, 어느 정도 사실을 바탕으로 나는 건데. 무조건 성규가 그런 애가 아니라고 네 마음대로 생각했다가, 성규가 뭔가 큰 실수를 저지른다면?"

우리는 잠시 아무 말도 하지 않았다. 분위기가 차분해지자 내가 먼저 말을 꺼냈다.

“성규가 실수로 그랬다면 우리가 좋아하는 녀석이니까 감싸 주자. 여태 우리가 본 성규는 누구를 때리고 그러는 애는 아니잖아.”

“네, 생각해 볼게요.”

가볍게 눈인사를 한 종현이가 매점을 빠져나갔다.

방금 한 말은 내가 나한테 하고 싶었던 말이다. 말도 안 되는 소문이라고 무시하지만, 처음에 성규가 나를 싫어했던 건 사실이니까. 어느 정도 신빙성 있는 거짓이 만들어진 거다. 성규가 전에 학교에서 폭력을 휘둘렀던 일도 근거 있는 사실에 거짓이 보태져 불어났을 수 있다. 다른 걸 다 떠나서 성규가 누군가를 때렸다면 성규를 용서할 수 있을까? 그래서 내가 나한테 진짜로 하고 싶었던 말은, 친구를 감싸 주는 사람이 되자는 거다.

“왜 그러고 있어? 밥 안 먹어?”

수정이가 젓가락을 놓으며 나를 봤다. 나는 살짝 목소리를 낮춰서 대답했다.

“우리가 성규를 도울 방법이 뭐가 없을까?”

“여름이, 너 나한테 말 안 한 거 있지? 성규 일에 자기 일처럼 나서는 게 아무래도 수상쩍어.”

밥을 크게 퍼서 입에 넣은 수정이가 꼭꼭 씹어 삼키며 가볍게 나를 흘겨봤다.

모든 걸 다 알고 있다는 듯 반짝이는 수정이 눈빛. 문득 천사들이 보낸 문자가 떠올랐다.

“아, 그러니까…… 그게…….”

나는 수정이 눈치를 살피며 말을 더듬거렸다.

“큰일은 없었어. 맞은 적도 없고. 그냥 뭐, 문제집 좀 사라지고. 천사란 애들한테 문자 좀 받고.”

의심 가득한 눈초리로 수정이가 “흠.” 하고 고개를 저었다.

수정이가 의심스러운 눈초리로 물었다.

“그냥 뭐, 오해가 좀 있어서……. 지금은 진짜 괜찮아.”

인심 썼다는 듯 수정이가 표정을 풀고 “그래서 성규를 어떻게 도와주고 싶은데?” 하고 물었다.

나는 머리를 긁적이며 대답했다.

“그냥 막연하게 소문이 다 사라졌으면 좋겠어.”

잠시 생각에 잠겼던 수정이가 식판을 들고 일어나며 말했다.

“일단 성규가 전에 다녔던 학교에서 있었다는 일이 진실인지 거짓인지 알아보자. 그 전에 누가 그런 안티 기사를 썼는지 알아내는 게 먼저야.”

나는 집에 오자마자 바로 성규에 대한 기사를 검색했다. 처음에는 기사가 하나뿐이었는데, 며칠 사이 자극적인 기사가 꼬리에 꼬리를 물고 잔뜩 올라와 있었다.

날짜순으로 기사를 늘어놓고 기사가 언제부터 쓰였는지 살폈다. 그러다 익숙한 사진이 첨부된 첫 기사를 찾았다.

기사를 쓴 사람의 이름은 유창제. 기사 맨 끝에는 페이스북 주소와 트위터 주소가 적혀 있었다. 먼저 페이스북을 새 창에 띄웠다.

페이스북에 나오는 남자는 정의롭고 멋진 기자였다. 이런 사람이 왜 그렇게 악의적인 기사를 쓴 걸까? 궁금증이 커져서 페이스북에 올라온 글을 하나씩 읽기 시작했다. 소소한 일상에 대한 이야기부터 기자의 사명감에 대한 이야기까지. 끝없이 이어지는 글을 읽다 보니 손목이 아파 왔다.

그렇게 기자가 올린 글을 거의 끝까지 읽어 갔을 때 사진 하나가 눈에 들어왔다. 우리 또래의 남자아이와 찍은 사진. '다들 내 아들로 의심하는 중학생 막둥이 동생과 함께'라는 글이 보였다. 중학생 동생이라니, 수상한 냄새가 났다.

뒤이어 그 동생과 관련된 글을 찾아 꼼꼼하게 살펴봤다. 동생의 학교생활을 걱정하던 기자는 어느 순간 동생과 관련된 글을 올리지 않았다.

나는 메신저에 있는 수정이에게 그 기자의 페이스북 주소를 보냈다. 그리고 지금까지 찾아낸 사실을 알렸다.

수정 : 이 사람 뭐야?

여름 : 나도 그게 궁금해.

수정 : 혹시, 이 사람 동생이 성규한테 맞은 거 아닐까?

여름 : 설마.

수정 : 아니면 왜 그렇게 악의적인 기사를 쓰겠어?

여름 : 음, 그런가?

수정 : 내가 이 사진 폰에 저장할게. 내일 성규한테 물어보자.

여름 : 설마 성규가 때렸을까?

수정 : 글쎄, 그야 모르지.

문제는 바로 나다. 종현이에게는 성규가 누구를 때렸어도 감싸 주자고 했으면서 성규가 누군가를 때렸을 거라고 의심하다니. 나는 고개를 세차게 저었다. 기자의 동생이 피해자일 수도 있다는 생각 따위는 멀리멀리 날려 버렸다. 그러다 나는 주먹으로 내 머리를 콱 쥐어박았다. 내 손으로 나를 때리는 것도 이렇게 아픈데. 남이 나를 때리면 얼마나 아플까? 때리는 사람도 기분이 좋지는 않을 것 같은데.

성규의 진실은 뭘까? 내가 너무 성급하게 나서서 성규를 의심하고 있는지도 모른다. 진실을 확인해야 한다.

그러나 먼저 물어볼 용기는 생기지 않았다.

우리 반으로 찾아온 수정이가 휴대 전화를 나에게 건넸다.

"아침부터 이게 몇 번째야. 내가 할까?"

나는 기어들어 가는 목소리로 대답했다.

"할 수 있어. 할 거야."

"벌써 세 번째다. 곧 점심시간이고."

"한다니까. 지금 할게."

가볍게 한숨을 내쉰 수정이가 고개를 들었다. 그런데 표정이 조금 묘했다. 고개를 돌려서 수정이의 눈길을 좇았다. 성규가 우리를 보며 걸어오고 있었다.

"한여름, 강수정, 토요일에 뭐 해?"

"어? 별일 없는데. 수정아, 넌?"

"아아, 나도 별일 없어."

우리는 어색하게 웃으며 대답했다.

"어머니가 너희 둘이랑 수민이 식사에 초대하신대."

우리는 동시에 고개를 끄덕이며 긍정을 표했다.

"우리 어머니가 그래. 중학교 3학년이나 된 아들이 친구들하고 잘 지내는지 걱정이나 하고."

"뭐가 어때? 부모님이 자식 친구들을 궁금하게 여기는 건 당연한 거다, 뭐."

말하다 보니 나도 모르게 목소리가 커졌다.

"알았어. 그럼 토요일에 오는 걸로 알게."

성규가 머리를 긁적이며 교실로 들어갔다.

"아휴, 깜짝 놀랐네."

수정이가 성규가 떠난 자리를 확인했다.

"수정아! 나 취소, 취소. 물어보기 진짜 힘들다. 우리 토요일에 성규네 가서 물어보면 안 될까?"

"하긴 그러면 되겠네. 그러자."

수정이가 고개를 끄덕였다.

우리 엄마는 친구가 놀러 오면 무조건 고기를 구워 준다. 반찬은 대충 김치나 나물을 올리고 집에서 기른 야채와 쌈장을 밑반찬으로 차려 준다. 초등학교 때는 종종 친구를 데리고 왔지만, 중학생이 된 뒤로는 쌍둥이 말고 놀러 온 친구가 없다.

이윽고 성규네 가기 전날. 어떻게 하고 가야 할지 고민하느라 잠이 안 왔다. 늦은 밤까지 뒤척이다가 성규에게 내일 선물을 들고 가야 하는지 물었다. 문자 전송과 거의 같은 속도로 휴대 전화가 울렸다.

"그래."

"나 성규."

"번호 뜨거든."

"예의로 말한 거거든. 빈손으로 잘만 오더니, 갑자기 왜 그래?"

"그때는 너만 집에 있던 거고. 어머니도 계시니까, 꽃이라도 사 갈까?"

"헉! 네가 뭐 내 여자 친구라도 되냐? 우리 어머니한테 잘 보일 것도 없는데, 꽃은 뭘."

"꽃 들고 가면 그래 보여? 그럼 안 되겠다."

"왠지 은근히 기분 나쁜데?"

"뭐가? 그럼 나 맘 편하게 간다."

"그래. 내일 봐."

어젯밤 늦게 잠들었는데 눈이 일찍 떠진 토요일 아침. 옷장을 열고 옷을 골랐다. 입을 옷이 마땅치 않아서 고민하며 옷장을 속속들이 살펴봤다. 고심 끝에 단정해 보이는 흰색 셔츠를 입었다. 그리고 그 위에 남색 카디건을 걸치고 거울을 봤다. 제법 모범생 티가 났다. 청바지를 입고 흰색 양말로 마무리.

"엄마, 나 괜찮아?"

"어딜 가는데 그리 요란이야?"

"친구네."

"친구 누구? 쌍둥이?"

"아니, 왜 저번에 말한 애 있잖아. 전학 왔다는 친구, 이성규."

"아, 그 드라마 나왔다던?"

"응. 나 지금 단정해?"

"너야 생긴 건 모범생이지. 공부를 안 해서 그렇지."

"아, 엄마!"

"괜찮으니까 어서 나가. 수정이랑 수민이 기다릴라."

나는 현관에 나가 신중하게 신발을 살펴보다가 남색 카디건과 색을 맞춰서 남색 운동화를 골랐다.

대문을 열자 밖에 서 있던 수민이가 날 보고 퉁명스럽게 말했다.

"뭘 그렇게 신경 쓰셨나?"

"초대받고 친구네 가 보는 게 처음이라 그런 거야."

수정이가 내 볼을 꼬집어 잡아당겼다.

"어이구, 요 귀여운 것."

표정이 뚱한 수민이는 가만히 나를 내려다봤다. 내가 수민이나 수정이 같으면 뭘 입을지 신경 쓰지 않았을 거다. 둘은 청바지에 흰색 티셔츠만 걸쳐도 예쁘니까. 그런데 나는 그게 아닌 걸 어떻게 하나. 이렇게라도 신경을 써야지.

"강수민, 얼굴 좀 풀고 출발하지."

수정이가 수민이의 엉덩이를 툭툭 쳤다. 수민이는 질색하며 수정이를 노려봤다.

성규네 집에 이르러 현관문이 열리는 순간, 맛있는 냄새가 코를 찔렀다. 우리는 문 앞으로 나온 성규네 어머니에게 인사를 했다.

"와 줘서 고마워. 전에는 남자애들하고만 놀았는데. 우리 성규가 여기서는 여자 친구를 많이 사귀었구나?"

성규네 어머니는 우리 엄마보다 10년은 더 젊어 보였다. 중학생 아들을 둔 아줌마라고 생각하지 못할 만큼 동안에 미인이었다. 머리를 뒤로 넘겨 질끈 묶었는데, 머리에서 윤기가 났다. 또 앞치마를 두른 허리는 잘록했다.

"이쪽으로 앉으렴."

수민이와 수정이, 나는 어머니의 안내에 따라 밥상 앞에 앉았다. 밥상은 거실 한가운데에 차려 있었고, 상 위에는 장미 한 송이가 담긴 꽃병이 멋스럽게 중심을 잡고 있었다. 우리가 자리에 앉자마자 어머니는 먹을 것을 내왔다. 뷔페에서나 봤을 법한 음식이 색색의 접시에 담겨 나왔다.

"저도 도울게요."

내가 벌떡 일어나며 말했다. 어머니가 손을 저으며 웃었다.

"괜찮아. 그냥 앉아 있으렴."

그야말로 상다리가 휘어지게 갖가지 반찬이 올랐고, 마지막으로 밥과 국이 놓였다. 수정이가 어머니를 향해 말했다.

"같이 드세요."

"음식 하면서 냄새를 많이 맡았더니 입맛이 없네? 어서 맛있게 먹으렴."

어머니는 고개를 저으며 부엌으로 갔다.

우리가 맛있게 밥을 먹는 동안 부엌에서는 달그락 소리가 났다. 밥을 다 먹자 성규네 어머니는 기다렸다는 듯 작은 쟁반에 차를 담아서 내왔다. 그러자 성규는 어머니를 도와서 밥상을 치웠다.

내 옆으로 다가온 수정이가 나를 쿡쿡 찌르며 작은 소리로 말했다.

"여름아, 그 애 확인해야지. 혹시 앨범 볼 수 있는지 물어봐."

"그런데 앨범이 있을까? 요즘에는 사진 잘 안 뽑잖아."

"그래도 일단 물어봐."

과자와 음료를 들고 나오는 성규에게 내가 손짓했다.

"앨범 없어? 친구들 오면 보여 주는 거 아닌가?"

당황한 성규는 얼굴이 빨갛게 달아올랐다. 그릇을 정리하고 부엌에서 나오던 어머니가 웃으며 말했다.

"어머! 우리 성규 앨범이 보고 싶구나? 잠시만 기다려."

새빨간 얼굴로 성규가 말렸지만 어머니는 웃으면서 앨범을 찾아왔다.

돌잔치 사진부터 초등학교 사진, 전학 오기 전 중학교 사진까지 나이별로 차곡차곡 정리되어 있었다. 촬영장에서 배우들과 찍은 사진도 있어서 성규가 아역 배우였다는 것이 실감 났다. 우리가 사진을 보는 사이 어머니는 외출 준비를 끝내고 나왔다.

"초대해 놓고 아줌마가 일이 있어서 어쩌니? 미안. 우리 성규 잘 부탁해."

현관에서 인사를 한 어머니가 문을 열고 밖으로 나갔다.

어머니가 나가자마자 수정이가 앨범을 빠르게 넘겼다. 그리고 성규가 전학 오기 전 친구들과 찍은 사진을 찾았다.

"얘 누구야?"

수정이가 손가락으로 유창제 기자의 동생을 가리켰다. 성규의 표정이 좋지 않았다. 잠시 머뭇거리던 성규가 작은 목소리로 대답했다.

"친구."

"정말 친구 맞아?"

수정이가 의심 가득한 눈빛을 던졌다.

"응, 친구야."

"정말?"

다시 한 번 수정이가 확인하듯 물었다. 성규는 말없이 고개만 끄덕였다.

"이상하네. 얘네 형이 너에 대해 악성 기사를 쓴 사람이던데."

성규는 믿기지 않는다는 표정이었다.

"거짓말!"

"아니야, 내가 왜 그런 거짓말을 해?"

휴대 전화를 꺼낸 수정이가 그 기자의 기사를 찾아서 성규에게 보여 줬다. 그리고 그 기자가 페이스북에 올려놓은 동생 사진을 내밀었다.

"도대체…… 왜?"

성규가 곧 울 것 같은 표정으로 고개를 숙였다.

잠시 후 정적을 깨고 수민이가 어리둥절한 표정으로 물었다.

"저기, 지금 무슨 소리 하는지 모르는 사람은 나뿐이야?"

"수민이한테 아무 말도 안 해 줬어?"

당황한 내 질문에 수정이가 별일 아니라는 듯 고개를 끄덕였다.

"강수민이 정신줄 놓고 살아서 말 안 했지."

얼굴이 새빨갛게 달아오른 수민이가 수정이를 흘겨봤다.

"강수정, 내가 오빠다!"

수정이가 수민이를 힐끔 보더니 코웃음을 쳤다.

"당황스러운 일 생길 때만 오빠 소리 하더라."

쌍둥이가 티격태격하는 모습을 지켜보던 성규가 피식 웃음을 터트렸다.

"지금 우린 심각해. 웃을 일이 아니라고."

진지한 내 말투에 성규가 또 피식, 피식 웃음을 터트렸다. "참 좋다." 하고 다시 빙그레 웃는 성규 모습에 나도 그냥 함께 웃어 버렸다. 마주 보고 웃고 있는 우리를 보는 쌍둥이는 어리둥절한 표정을 지었다.

텔레비전 프로그램에서 연예인들이 껑충껑충 지나치게 잘 넘어서 별거 아닌 것처럼 느껴지는 높이뛰기. 만만하게 보고 시작했지만 내 기록은 영 좋지 않았다. 줄을 서서 한참을 기다려 순서가 돌아왔다. 그런데 넘어 보지도 못하고 막대 앞에서 멈췄다. 순간 막대가 너무 높게 느껴져서 겁이 났기 때문이다. 다시 넘어 보고 싶어서 용기를 내서 물었다.

"선생님, 한 번 더 하면 안 될까요?"

"그런 게 어디 있어? 뒤로 가."

체육이 얼굴을 찡그리며 고갯짓을 했다. 본인이 좋아하는 학생이 뛰면 부탁하지 않아도 알아서 또 기회를 주면서, 애써 부탁했는데 들은 척도 안 하다니. 나는 뒤로 물러나서 체육을 노려봤다.

나에게 한 말이 무색하게 다음 순서인 여학생에게는 체육이 기회를 한 번 더 주었다.

"그저 귀여운 애라면. 체육 좀 변태 같지?"

짜증 섞인 내 질문에 수민이는 말없이 고개를 끄덕였다.

남학생들의 순서가 되자 막대 높이가 한층 높아졌다. 강씨라는 성 때문에 번호가 앞인 수민이가 첫 번째로 높이뛰기를 하게 되었다. 가볍게 도움닫기를 한 수민이는 안정된 자세로 막대를 넘었다. 날아올랐던 수민이의 몸이 매트에 떨어졌다. 순간 튕기듯 일어나는 수민이의 머리카락이 찰랑거렸다. 그 모습을 본 여학생들이 "꺅!" 하고 소리를 질렀다. 체육이 얼굴을 찡그리며 다음 사람을 향해 손짓을 했다. 표정이 꼭 학생인 수민이를 질투하는 것 같았다.

한 사람, 한 사람 차례대로 뛰고 나서 끝 번호인 성규 차례가 되었다. 여학생들의 눈길이 일제히 성규에게 쏠렸다. 긴장한 듯 펄쩍뛰기를 하던 성규가 막대를 향해 달려갔다. 가속도가 붙은 성규가 빠르게 달려가는데 체육이 갑자기 막대 위치를 올려 버렸다. 발이 꼬인 성규는 매트로 넘어졌다. 체육은 못 본 척 딴짓을 했다.

나와 수민이가 바로 매트로 달려갔다. 몸을 일으킨 성규가 괜찮다는 손짓을 했다. 화가 치밀어 올라 따지려는데 성규가 내 팔을 잡아끌었다.

"괜찮아. 괜찮으니까 참자."

주변을 둘러보니 체육이 한 짓을 눈치챈 사람이 없어 보였다.

"이성규! 마지막 순서니까 한 번 더 뛸래?"

아무 일 없었다는 듯 뻔뻔한 체육 선생님.

"아니요, 괜찮습니다."

"그래? 그럼 말고."

나는 체육과 약간 거리가 떨어진 곳에서 작은 목소리로 수민이에게 속삭였다.

"분하다. 선생만 아니었어도."

불끈 쥔 내 주먹을 자신의 두 손으로 감싸며 수민이가 말했다.

"동감."

"강수민, 손 치워. 이상해 보이잖아."

수민이가 장난스럽게 웃으며 손을 더 꽉 감쌌다. 내가 얼른 손을 빼려고 힘을 줬지만 수민이는 힘이 생각보다 셌다.

"어이, 거기!"

체육이 우리를 향해 다가왔다.

"지금 수업 시간에 뭐 하는 거야? 너희 손잡고 있는 거냐?"

나는 어쩔 줄 몰라 수민이 얼굴만 바라보았다. 수민이는 찬 바람이 불 것 같은 차가운 표정으로 체육을 바라봤다.

"수업 시간에 이것들이! 끝나고 교무실로 와."

우리가 뭐라고 변명할 틈도 주지 않고 체육은 아이들 사이로 걸어가 버렸다.

미영이하고 현준이는 체육 시간에 자주 손을 잡는다. 걔네들은 가끔 걸려도 그냥 두면서 우리한테만 왜 저러는지 모르겠다.

우리는 수업이 끝날 때쯤 체육이 우리 일을 잊은 줄 알았다. 그런데 정확하게 우리를 기억하고 있었다. 우리 둘은 입을 꾹 다물고 체육의 뒤를 따라 교무실로 들어갔다. 자리에 앉은 체육이 까칠한 말투로 훈계를 시작했다.

"사귄다는 소문이 있더니만, 이것들이 어이없네. 수업 시간에 손을 잡아?"

"장난치다 그렇게 된 겁니다."

체육은 수민이가 차분하게 말하는 게 마음에 안 드는지 목청을 높였다.

"어디서 또박또박 말대답이야! 강수민, 이거 공부 좀 잘한다고 버릇이 없다."

흥분을 참지 못한 내가 체육을 향해 목소리를 높였다.

"선생님, 무슨 말을 그렇게 하세요?"

내가 다음 말을 할 틈도 없이 체육이 또 언성을 높였다.

"한여름, 이거 봐라. 넌 뭘 잘했다고 큰소리야! 선생님 앞에서 버릇없이!"

체육이 지르는 소리에 다른 선생님들이 일제히 우리를 바라보았다. 때마침 교무실로 들어온 한문 선생님이 우리 쪽으로 걸어왔다.

"신 선생님, 여름이랑 수민이가 왜요?"

"아니, 이 녀석들이. 정말 기가 차서! 수업 시간에 손을 잡고 연애질을 하잖아요."

흥분한 체육이 씩씩거리며 우리를 매섭게 노려봤다.

"손을 잡은 건 사실이지만 그런 의도는 아니었습니다. 장난치다가 그만. 장난이 지나쳐서 죄송합니다."

수민이가 갑자기 태도를 바꿔서 고개를 숙였다.

"그렇지? 그런 거지?"

한문 선생님이 확인하듯 우리를 바라봤다. 나도 고개를 끄덕이며 "네." 하고 대답했다.

"이 녀석들아, 장난은 적당히 해야지. 수업 시간에 장난친 것 자체가 잘못이야."

한문 선생님이 엄한 목소리로 우리를 타일렀다.

"죄송합니다."

수민이와 내가 동시에 대답했다. 한문 선생님은 기다렸다는 듯 우리에게 말했다.

"어서 체육 선생님께 사과하고 나가 봐."

"죄송합니다. 앞으로 수업 시간에 딴짓하지 않겠습니다."

수민이가 고개를 숙였다. 옆에서 나도 따라 고개를 숙였다. 고개를 들자 한문 선생님이 얼른 나가라는 눈치를 줬다.

교무실을 벗어나자 수민이가 바로 한숨을 쉬었다. 힐끔 교무실을 돌아보며 작은 소리로 말했다.

"선생님이란 사람 성격하곤."

"정말 왜 저럴까?"

나는 화를 내려다가 문득 엄마가 했던 말을 떠올렸다. 엄마는 학생도 꼭 좋은 학생만 있는 것이 아니듯 선생님도 꼭 좋은 사람만 있는 것은 아니라고 했다. 모두 사람이니까 실수도 하고 잘못도 하는 거라고. 그 실수만 보다 좋은 점을 놓칠 수 있으니 어지간하면 그냥 넘기라고 했다. 누군가를 미워하면 상대방 손해가 아니라 자기 손해라는 말을 덧붙이면서.

"요즘 체육이 연애가 잘 안 풀리나 봐. 우리가 이해하자."

체육을 욕할 땐 서로 찡그리고 있었는데, 내가 분위기를 바꾸자 수민이가 피식 웃음을 터트렸다.

중학교에 입학해서 체육 수업을 받는 동안 체육의 장점을 찾지는 못했지만, 찾아보면 체육에게도 좋은 구석이 있을 거라고 믿고 싶다. 어쩌면 체육은 우리가 자기를 싫어하는 걸 눈치채고 더 화를 내는 걸지도 모른다.

교실 문을 열자 성규가 우리를 향해 달려왔다.

"미안하다, 나 때문에……."

나는 성규의 풀 죽은 모습에 일부러 더 씩씩하게 말했다.

"아니야! 그냥 오늘 운이 나빴던 거야."

"그래도……."

성규는 한층 더 가라앉은 목소리로 고개를 숙였다.

"누가 보면 대역 죄인인 줄 알겠다. 여름이랑 나랑 진짜로 사귀면 덜 미안해할래?"

수민이의 황당한 소리에 내 눈이 두 배는 더 커졌다. 고개를 든 성규도 깜짝 놀라는 눈치였다.

"장난이야. 너무 처져 있지 말라고."

수민이가 성규의 어깨를 툭툭 치고 자리로 갔다. 그 모습을 지켜보던 성규가 갑자기 뭔가를 다짐한 듯 말했다.

"오늘 집에 가기 전에 할 말 있어. 너랑 쌍둥이한테 꼭 하고 싶은 말이 있어."

지나치게 진지한 성규의 표정에 나도 모르게 고개를 끄덕이며, "응." 하고 답했다. 나는 성규가 무슨 말을 하려고 하는지 궁금하기도 하고 어딘지 모르게 두렵기도 했다. 평소에는 잘 가지 않던 수업 시간이 너무 빠르게 지나갔고 곧 모두 집으로 돌아가는 시간이 되었다.

학생들 움직임이 줄어들어 조용한 학교. 복도에서 가벼운 발걸음 소리가 울렸다. 주인공은 수정이였다. 가방을 챙겨서 우리 반으로 들어온 수정이는 호기심 어린 표정을 지었다.

"무슨 일이야?"

성규는 수정이를 향해 말했다.

"내가 너희한테 꼭 하고 싶은 이야기가 있어서."

수민이는 수정이에게 왔냐는 손짓을 했다. 수정이는 성규 옆자리에 앉았다. 우리 책상을 기준으로 성규와 수정이가 의자를 돌려서 앉았다. 잠시 동안 서로의 얼굴을 마주 본 채 우리는 말을 아꼈다.

"전학 오기 전에 어떤 애를 때린 적이 있어. 그런데 앨범에서 봤던 창민이는 아니야. 유창제 기자 동생 있잖아. 그 아이를 때린 적은 없어."

예상이 빗나가는 순간이었다. 성규는 우리가 예상하지 못했던 이야기를 담담히 털어놓기 시작했다.

성규는 세 아이와 함께 같은 반 한 아이를 괴롭혔다고 했다. 그 세 아이는 유창민과 미국으로 유학 간 두 아이. 괴롭힘을 당한 아이는 입원을 했다. 그런데 문제는 그 전부터 입원한 아이가 성규를 괴롭혔다는 거다. 성규가 아역 배우였다는 이유로 틈만 나면 성규를 때렸다. 그것도 모자라 입원한 아이는 교실에서 성규 책상을 치우거나 돈을 뺏기도 했다.

이렇듯 끝나지 않을 것 같았던 폭력의 일상은 유창민이 전학 오면서 뒤바뀌었다. 유창민은 성규에게 자신을 도우면 학교에서 괴롭힘을 받지 않게 해 주겠다고 했고 약속을 지켰다. 단 성규가 피해 학생에서 가해 학생이 되어야 하는 위험한 거래였다. 미국으로 유학 간 두 아이도 성규와 같은 입장이었다. 세 아이는 모두 피해 학생에게 맞았기 때문에 미안함 없이 같은 반 친구를 때리고 괴롭힐 수 있었다.

그런데 그 아이를 괴롭히면 괴롭힐수록 성규는 괴롭힘을 당할 때만큼 힘들어졌다고 했다. 결국 친구를 괴롭히는 걸 그만하겠다고 했고, 유창민은 그걸 받아들이지 않았다. 성규는 또다시 유창민에게 괴롭힘을 당하게 됐다. 유창민은 피해 학생을 때리면서 성규까지 때리기 시작했다.

결국 피해 학생은 정신과에 입원하고 말았다. 학교에서는 사건을 수습하기 위해 유창민을 뺀 나머지 세 아이에게 전학을 권했다. 그렇게 두 아이는 미국으로 유학을 가고 성규는 우리 학교로 전학을 오게 된 것이다.

"옛날 학교를 떠나면 더 이상 걔를 괴롭히지 않아도 된다는 생각에 기뻤어."

성규가 가늘게 떨리는 손으로 얼굴을 감쌌다.

무심한 듯 보이지만 상처받은 눈. 생각해 보니 성규의 눈빛이 그랬다. 초등학교 때 이런 눈을 본 적이 있다.

초등학교 5학년 때 처음 쌍둥이를 봤을 땐 둘 다 새침하게 생겨서 친해지기 어려울 것 같았다. 그런데 수정이는 할머니가 내 이야기를 많이 했다며 나를 무조건 좋아해 줬다. 수민이는 달랐다. 나를 무심한 눈길로 보고 때로는 내가 보이지 않는 것처럼 굴었다. 수민이가 나를 못 본 척하면 할수록 나는 약이 올라 더 따라다녔다. 그러다가 나한테만 그러는 게 아니라 다른 사람들한테도 그런다는 걸 알았다. 입을 꼭 다문 수민이는 한마디도 하지 않고 집 밖으로 잘 나오지도 않았다. 그때 수민이의 눈빛이 지금 성규의 눈빛과 같았다. 무심한 듯 보이지만 상처받은 눈.

나는 수민이 목소리가 궁금해서 줄곧 뒤를 쫓아다녔다. 하지만 두 달 가까이 아무 소리도 듣지 못했다. 궁금함에 안달이 나서 특단의 조치를 취했다. 대문을 열고 나오는 수민이를 향해 아빠가 낚시하려고 모아 둔 지렁이를 통째로 던진 것이다. 깜짝 놀란 수민이는 악 소리를 지르며 집으로 뛰어 들어갔다. 그러니까 초등학교 5학년 강수민이 우리 동네에 와서 처음 한 말은 '악'이었다.

시간은 흐르고 우리는 변한다. 변한 것이 없어 보여도 조금씩 뭐든 달라져 있다. 단지 며칠 당한 괴롭힘으로 나는 두려움이라는 것이 생겼다. 그런데 오랜 시간 상처에 시달려 온 성규와 수민이는 어땠을까? 내가 전혀 알 수 없고, 겪어 보고 싶지도 않은 상처. 그런데 그 상처가 느껴진다. 날씨의 변화가 몸으로 바로 느껴지는 것처럼, 친구의 상처가 몸으로 바로 느껴졌다.

여덟

"여름아, 큰일 났어!"

현관문을 벌컥 열고 수정이가 들어왔다.

"무슨 일인데?"

거친 숨을 고른 수정이가 스마트폰에서 동영상 하나를 틀어 보여 주었다. 유창민이 나오는 동영상이었다. 순수한 얼굴을 한 유창민은 다큐멘터리 주인공으로 친구들에게 휩쓸려 가해 학생이 되어야 했던 착한 학생을 연기했다. 1분 30초짜리 짧은 다큐멘터리 예고편만으로도 이 다큐멘터리가 몰고 올 파장이 느껴졌다. 정교한 거짓으로 짜인 다큐멘터리. 그리고 그 다큐멘터리가 방송되는 방송국은 유창민네 형인 유창제 기자가 다니는 방송국이었다.

나는 흥분해서 소리쳤다.

"거짓말이잖아!"

"우린 알지. 하지만 다른 사람들은 모르고 있으니까."

수정이가 덤덤하게 동영상을 정지시켰다.

나는 한층 더 흥분된 목소리로 말했다.

"어떻게 저럴 수 있어? 그 학교 사람들은 유창민이 나쁜 놈인 걸 아무도 모르는 거야?"

"모른다기보다는 말해 봐야 괴롭힘만 당하니까, 아무도 진실을 알리려고 하지 않겠지."

정말 진실을 알려 봐야 나만 힘든 걸까? 침울한 기분에 손가락을 만지작거리는데 주머니에서 진동이 느껴졌다. 주머니에 넣은 휴대 전화를 꺼내 보니 액정 화면에 성규의 이름이 떴다.

"여보세요?"

휴대 전화 너머로 대답이 들려오지 않았다.

"여보세요? 성규야?"

성규가 단추를 잘못 눌러서 전화가 걸린 걸까. 그래도 전화를 끊을 수 없어서 그냥 잠시 전화기를 잡고만 있었다. 그때 작은 소리가 들렸다. 가만히 들어 보니 낮은 신음 소리였다.

"성규야! 이성규! 무슨 일이야?"

전화기 너머에서는 작은 신음 소리가 잇따라 들려왔다. 심하게 다쳤을 때 나는 소리 같았다.

"무슨 일이야?"

수정이가 나를 빤히 보고 있었다.

"성규가 다친 것 같아!"

당황한 나를 달래듯 수정이가 물었다.

"어디 있대?"

"그건 모르겠고, 계속 신음 소리만 들렸어."

"일단 찾아보자."

나는 수정이와 함께 부랴부랴 집을 나섰다. 어디부터 가야 할지 몰라서 일단 학교로 가 보았다. 학교 곳곳을 살펴봤지만 성규는 없었다.

우리는 다시 걸음을 옮겨 학교 주변 상가를 돌았다. 종종 들르는 패스트푸드 가게와 피시방, 독서실까지 돌았지만 성규는 보이지 않았다. 우리는 뛰어다니느라 지쳐 잠시 독서실 앞 계단에서 숨을 골랐다. 곰곰이 생각에 잠겼던 수정이가 입을 열었다.

"일단 수민이한테 연락하고, 공원하고 반대편 상가도 돌자."

나는 말없이 고개를 끄덕였다.

수정이는 상가 쪽으로 가고 나는 공원 쪽으로 갔다. 공원 앞 4차선 도로 횡단보도에서 신호를 기다렸다. 길을 건너는 사람이 적은 길이라 신호가 길었다. 차가 없으면 무단 횡단을 하려고 주변을 둘러봤다. 차는 한 대도 보이지 않았다. 그런데 맞은편 버스 정류장에 익숙한 실루엣이 보였다. 버스 정류장에 다가갈수록 실루엣의 정체가 명확해졌다. 그곳에 쓰러져 있는 것은 성규였다.

"성규야, 이성규!"

이름을 불러도 대답이 없었다. 배를 움켜쥐고 새우처럼 온몸을 웅크리고 있는 성규는 끙끙 신음 소리만 냈다. 나는 몸을 숙여서 상태를 살폈다. 얼굴에는 아무런 상처가 없었다. 혹시 맹장이라도 터진 걸까? 조심스럽게 성규를 잡아서 일으키려고 했다. 그때 성규 옆구리에 내 손이 닿자 성규가 자지러질 듯 비명을 질렀다. 성규가 팔을 홱 빼는 순간 티셔츠가 말려서 올라가며 배와 허리 주변으로 번진 멍이 드러났다.

"어떻게 하지? 119에 전화해야 하나? 아니, 112인가?"

나는 혼잣말을 하다가 휴대 전화를 꺼냈다. 119를 부르려고 하는데 성규가 내 손을 잡았다. 파르르 떨리는 손의 진동이 느껴졌다.

"괜찮아. 걸을 수 있어."

고개를 든 성규의 얼굴에는 상처가 하나도 없었다. 대신 얼굴 전체가 하얗게 질려서 다 죽어 가는 사람 같았다. 마른침을 삼킨 성규가 몸을 겨우 일으켰다. 중심을 잡지 못하는 성규가 의자에 앉을 수 있게 어깨를 빌려 주고 수민이에게 전화를 걸었다. 성규는 거푸 덜덜 떨었다. 나는 입고 있던 두꺼운 카디건을 벗어서 떨고 있는 성규에게 덮어 주었다.

"며칠 지나면 괜찮아. 병원에 안 가도 돼."

익숙한 듯 담담한 성규의 말투. 갑자기 마음 한구석이 찡하게 올라왔다. 내 카디건을 바짝 여미던 성규가 제 손을 내려다봤다.

"손은 멀쩡하네."

고통이 배어나는 성규 목소리에 참을 수 없이 슬퍼졌다. 두 손으로 얼굴을 감싼 성규가 볼을 매만졌다.

"녀석들의 실력은 죽지도 않아. 티 안 나는 곳 때리기."

성규가 얼핏 웃음기를 머금고 기침을 토해 냈다.

맞은 건 성규인데 내 눈에서 눈물이 떨어졌다. 참으려고 했는데 바보처럼 눈물이 나왔다.

"익숙해서 괜찮아. 견딜 만해. 울지 마."

울지 않으려고 하는데 내 뜻대로 되지 않는 눈물이 볼을 타고 흘러내렸다. 희미하게 웃던 성규가 힘겹게 팔을 들어서 소매로 내 눈물을 닦아 주었다.

"자기가 당할 땐 울지도 않더니. 한여름 눈물 많은 거 처음 알았네? 부축해 줘. 걸을 수 있어."

성규가 내 어깨를 잡고 일어서려고 했다. 하지만 다리에 힘이 없는지 곧 다시 의자에 주저앉았다. 일어서지도 못하는 녀석이 어찌 걸을 수 있다고 말하는지 걱정스러운 마음이 더 커졌다.

때마침 횡단보도 건너편에서 수민이가 달려오는 게 보였다.

"얼마나 다친 거야?"

우리 앞에 멈춰 선 수민이가 성규의 상태를 살폈다.

"별일 아니야. 괜찮아."

"너 지금 괜찮은 사람 얼굴이 아니거든."

수민이가 등을 내밀며 업히라는 신호를 보냈다. 성규는 고집스럽게 혼자서 일어나려고 했다. 하지만 걸음을 떼는 순간 다리에 힘이 풀려 비틀거렸다. 업는다고 해도 녀석의 집까지 가는 건 무리가 있다. 휴대전화를 꺼내 콜택시 회사에 전화를 걸었다.

택시를 타고 성규네 집으로 가는 길에 차갑게 불어오는 바람. 정류장 뒤 커다란 나무의 잎이 서로 부딪치며 소리를 냈다. 짙은 녹색과 변화를 시작한 노란색이 도는, 아직은 명확하지 않은 색. 나무는 가을의 중심에서 아직 여름을 잊지 못하는 것 같았다.

택시에서 내린 수민이는 성규를 둘러업고 엘리베이터를 탔다. 성규네 집에 들어가서야 수정이에게 연락을 했다.

침대에 누운 성규가 작은 목소리로 말했다.

"책상 서랍 세 번째 칸에 진통제 있거든. 그것 좀 꺼내 줄래?"

수민이가 눈치 빠르게 부엌으로 가서 물을 가져왔다. 서랍에는 진통제가 종류별로 들어 있었다. 나는 효과가 빠르고 강하다는 문구가 쓰여 있는 진통제를 골라서 꺼냈다.

"제대로 골랐네."

성규는 묘한 표정으로 진통제를 받아서 물과 함께 삼켰다.

나는 침대에 걸터앉아 가만히 성규를 내려다봤다. 손을 닦고 들어온 수민이가 그런 내 옆에 걸터앉았다.

"왜 그렇게 바라봐? 사람 민망하게."

장난기 어린 성규의 목소리에 우리는 긴장이 좀 풀렸다.

"이제 잘 거야. 그만 가 봐. 너희가 있으면 우리 엄마가 이상하게 생각할 거 아냐?"

나는 성규가 빙그레 웃음까지 짓는 모습에 마음이 쓰렸다. 뭐라고 대답하지 못하는 나를 대신해서 수민이가 고개를 끄덕였다.

"오늘은 일단 간다. 잘 쉬고 월요일에 보자."

"주말이라 다행이야. 걱정 마. 이러다 곧 좋아져. 졸리다."

성규가 작게 하품을 했다.

가로등이 밝게 켜진 아파트 단지를 벗어나자 어둠이 밀려왔다. 해는 서산으로 넘어갔고, 하나둘 가로등에 불이 들어왔다. 우리는 말없이 동네를 향해 걸어갔다. 걷는 중간중간 수민이 손등이 내 손등에 스쳤다. 날이 점점 더 어두워질수록 가로등은 밝게 빛났다.

아침 일찍 일어나 쌍둥이와 함께 도서관을 찾았다. 친구가 아픈데도 공부를 해야 한다는 게 속상하긴 했지만 그래도 어쩔 수 없었다. 속상하다고 내가 할 일을 못 하면 오히려 그게 더 성규를 미안하게 만드는 짓이라고 수정이가 그랬다.

우리는 학생 열람실 표를 받아 자리를 잡고 잠시 밖으로 나갔다. 물티슈를 꺼내서 자판기 단추를 깨끗하게 닦은 수민이가 고민 끝에 사이다를 눌렀다. 덜컹거리며 사이다가 나왔다. 수민이는 또 물티슈로 가볍게 캔을 닦은 뒤 잠이 덜 깨서 정신을 못 차리는 나에게 내밀었다.

"나는?"

수정이가 수민이를 흘겨봤다.

"넌 알아서 뽑아 먹어."

"가족끼리 이러기야?"

"가족이면 뭐하냐! 오빠 대접도 못 받는데."

나는 사이다를 한 모금 마시고 수정이에게 내밀었다. 사이다를 받아 든 수정이가 씩 웃으며 사이다를 마셨다. 기지개를 켜고 가볍게 어깨를 움직였다. 잠이 좀 달아나는 것 같았다. 수정이가 캔을 휴지통에 넣으며 물었다.

"어쩐 일로 한여름 양이 공부를 다 하시겠대?"

"안 되는 건 포기하면 편하다고 하는데, 공부는 포기하면 안 되는 거라 공부 안 하는 걸 포기했지."

수민이가 궁금한 듯 물었다.

"학원도 다니고 그래. 왜 그렇게 학원을 싫어해?"

"갑갑해서. 학교에서 공부하는 것도 지겨운데 학원까지. 아유! 남들 다 다닌다고 해서 나까지 다닐 필요는 없는 거잖아. 그리고 학원 다닌다고 꼭 성적이 좋아지는 것도 아니고. 미영이는 학원을 네 군데나 다녀도 공부를 못하잖아."

수민이가 "푸하!" 하고 웃음을 내뿜었다. 나는 진지한 표정으로 쌍둥이를 번갈아 보며 말했다.

"고등학생이 되면 반항도 하지 못하고 지겹게 학원에 다닐 텐데. 중학교 때만이라도 신 나게 놀고, 실컷 먹고 싶다."

수정이는 고개를 저었다.

"요즘 초등학생들도 안 그래. 여름아, 너 너무 느긋한 거 아냐?"

나는 씩 웃으며 대답했다.

"요즘 세상이 어떻든 휩쓸리지 않는 것. 그것이 바로 내 장점이지."

그 뒤 성규는 아무렇지 않은 얼굴로 학교에 나왔고, 기말고사의 전초전인 쪽지 시험이 찾아왔다. 영어 시험지를 받아 든 순간 나는 내 머리가 돌이라고 확신했다. 모처럼 공부까지 했는데. 마치 외계어가 적힌 것처럼 눈앞이 캄캄했다. 이대로 간다면 고등학생이 되어서는 영어를 더 못할 거라는 절망감이 종례 시간 내내 나를 사로잡았다. 담임 선생님이 뭔가를 말해도 그 이야기가 오른쪽 귀로 들어왔다가 왼쪽 귀로 빠져나갔다.

선생님이 종례를 마치고 교실을 나가자 기다렸다는 듯 수민이가 나를 보며 한숨을 내쉬었다.

"여름아, 정신 차리자."

"내가 뭘. 정신은 음…… 지금 돌아왔어."

정신이 돌아오자 오늘이 무슨 날인지 생각났다. 오늘은 유창민이 나오는 다큐멘터리가 방송되는 날이었다. 나는 앞자리에서 묵묵히 가방을 챙기고 있는 성규의 뒷모습을 바라보았다. 가뜩이나 마른 몸이 더 말라서 이러다 소멸되는 게 아닐까 걱정스러웠다. 나는 성규에게 말을 걸었다.

"오늘 뭐 해?"

가방을 챙기던 성규는 뒤를 돌아보고 대답했다.

"그냥 집. 어머니가 출장을 가서 슈퍼 좀 들러야 해."

"어머니, 출장 가셨어? 그러면 오늘 안 오셔?"

갑자기 커진 내 목소리에 성규가 당황한 듯 멈칫하다가 대답했다.

"응, 일본 가셨어. 한 삼 일 걸린대."

나는 가볍게 성규의 어깨를 치며 "금방 오시네." 하고 씩 웃었다.

수민이가 얼굴을 찡그리며 물었다.

"뭐야? 성규네 어머니 출장 가신 게 너랑 무슨 상관이야?"

"그건 말이지, 음……."

우리 주변에 다른 사람이 없는 걸 확인하고 나는 작은 목소리로 말을 이었다.

"오늘 유창민 나오는 다큐멘터리, 그거 같이 보자고. 괜찮지?"

"오늘이었구나, 그게……."

성규가 씁쓸한 표정으로 고개를 숙였다. 수민이도 갑자기 말이 없어졌다. 가방을 챙겨서 일어난 다음 침울해하는 성규의 팔을 잡아당겼다.

"가자."

당황한 성규가 머뭇거리며 가방을 멨다.

"얼른! 앞장 서."

일어난 성규를 뒷문으로 밀며 따라갔다. 수민이는 말없이 내 뒤를 따랐다.

“아, 그리고 수정이도 갈 거야.”

성규는 그럴 줄 알았다는 듯 대답 대신 고개를 끄덕였다.

우리가 현관문을 열고 자연스럽게 들어간 성규네 집은 게릴라로 닥쳤음에도 너무 깨끗했다. 수정이는 거실로 올라서자마자 소파에 앉았다. 가방에서 쪽지 시험지를 꺼낸 수정이가 꼼꼼하게 문제와 정답을 확인했다. 수민이가 고개를 저으며 그런 수정이를 내려다봤다.

“강수정, 머리 좋은 게 싫다더니 넌 공부하는 거랑 시험이 재미있지?”

수민이 말에 수정이가 잠시 멈칫했다. 그러더니 다시 시험지를 들여다보았다.

시계를 보니 다큐멘터리를 하는 9시까지는 4시간 가까이 남아 있었다.

시험지 확인을 끝낸 수정이가 부엌에 있는 성규에게 물었다.

“재미있는 영화 없어?”

“잠시만.”

부엌에서 나온 성규가 방으로 들어가서 비디오디스크가 들어 있는 상자를 들고 나왔다. 네모난 상자에는 다양한 영화가 들어 있었다. 성규는 그중에 하나를 골라 내밀었다. 웃기게 생긴 아저씨가 잔뜩 폼을 잡고 기타를 치는 자세를 취하고 있었는데, 〈스쿨 오브 락〉이라는 영화 제목이 적혀 있었다.

"이 영화 볼래?"

"나 이 영화 좋아하는데. 잭 블랙 진짜 좋아."

두 눈이 초롱초롱해진 수정이가 디스크 상자를 받아 들었다.

"영화 또 뭐 있어?"

갑자기 활기가 넘치는 수정이가 상자를 뒤적거리며 영화를 살폈다. 하나하나 신중하게 영화 제목을 보며 감탄사를 연발했다.

"전부 정품으로 산 거야?"

"응."

"이쪽에 있는 영화는 뭐야? 제목만 쓰여 있네?"

"그건 독립 영화."

"독립 영화까지. 성규 너 좀 마음에 든다."

수정이와 성규가 영화 이야기로 꽃을 피우는 동안 수민이랑 나는 소파에 둥지를 틀었다. 무심코 리모컨으로 텔레비전 채널을 돌리며 재미있는 프로가 없는지 찾았다. 볼만한 게 없어서 뮤직비디오가 나오는 채널에 고정해 놓고 가방에서 쪽지 시험지를 꺼냈다. 수민이는 곧 감길 것 같은 눈으로 버티다가 소파에 기대 졸기 시작했다. 나는 수민이 가방에서 슬며시 시험지를 꺼내서 내 것과 맞혀 보기 시작했다.

수정이가 거의 모든 과목에서 앞서지만 딱 하나 영어만큼은 수민이가 앞섰기 때문에 우리 학교에 영어 톱은 수민이라고 보면 된다. 수정이가 찍어 준 예상 문제가 나왔지만 단어를 외운다는 건 정말 힘든 일이었고, 내 시험지에는 비가 내렸다. 공부까지 했는데 지난번 성적보다 더 떨어진 것 같았다.

떨어진 영어 성적에 절망하는데 내 허벅지 위로 뭔가가 또 떨어졌다. 수민이 머리였다. 신 나게 졸던 수민이가 옆으로 쓰러져 내 허벅지에 머리를 기댔다. 머리가 가벼워서 별로 무겁지 않았지만 마음이 덜컹 내려앉는 것 같았다. 쌕쌕거리며 잠든 수민이 숨소리가 작게 들렸다.

우리를 본 성규가 벌떡 일어났다.

"베개 가져다줄게."

베개를 들고 나온 성규는 수민이가 잘 벨 수 있도록 베개를 받쳐 주었다. 수민이가 자는 동안 우리는 영화를 봤다. 영화가 끝나자 수정이는 한 편 더 보고 싶다며 디스크 상자에서 새로운 영화를 골랐다.

부엌으로 간 성규는 우리가 먹을 저녁을 차리려는지 바쁘게 왔다 갔다 했다. 달그락거리는 소리에 나는 궁금증을 참지 못하고 부엌으로 가 보았다. 성규는 냉장고에서 꺼낸 샐러드용 야채를 씻고 있었다.

"도와줄까?"

"그러면 식탁에 있는 닭 가슴살 좀 먹기 좋게 잘라 줘."

야채를 씻는 성규의 뒷모습을 보면서 닭 가슴살을 잘랐다. 요리는 엄마들이나 하는 건 줄 알았는데. 요리를 하는 녀석의 모습이 제법 멋졌다.

성규가 접시를 꺼내는데 식탁에 올려놓은 휴대 전화가 울렸다. 가만히 내려다보니 익숙한 이름이 떠 있었다.

"성규야, 유창민이야."

놀라는 내 목소리에 성규가 재빨리 식탁 쪽으로 왔다. 뜻밖에 표정이 담담한 성규는 작게 한숨을 내쉬고 전화 소리를 무음으로 바꿨다.

"뭐야? 유창민이 왜 전화를 해?"

흥분한 내 목소리에 쌍둥이가 부엌으로 달려왔다. 수정이가 심각한 표정으로 물었다.

"무슨 소리야? 유창민이라니?"

"별일 아니야. 이 시간만 되면 만날 전화해."

차분한 성규의 모습에 나는 더 화가 났다. 다그치려고 한 건 아닌데 화가 그대로 목소리에 배어 나왔다.

"언제부터 전화했는데?"

"일요일부터."

일요일이면 거의 1주일 가까이 날마다 전화가 왔다는 말인데. 왜 우리에게 말하지 않았을까? 나와 같은 마음인지 수민이가 섭섭함을 그대로 드러냈다.

"말하지 그랬냐."

"민폐는 지금도 충분히 끼치고 있잖아."

진심이 담긴 성규의 말에 잠시나마 섭섭하게 생각했던 것이 오히려 미안했다. 그때 또 전화가 왔다. 전화기를 치우려는 성규의 손목을 잡은 수정이가 고개를 저었다.

"유창민이 뭐라고 하는지 같이 들어 봐도 괜찮지? 전화 받아서 스피커로 틀어 놔 봐."

고개를 끄덕인 성규가 통화 단추를 누르고 스피커를 틀었다.

"이성규! 누가 내 전화 피하래? 내 번호가 뜨면 수업 받다가도 재깍재깍 받아야 할 거 아냐. 너 지금 촌구석에 내려갔다고 내가 무섭지 않다 이거지. 야! 왜 대답이 없어?"

"내가 왜 그래야 하는데?"

"몰라서 물어? 애들을 몇 번이나 더 보내야 정신 차릴래? 내가 너 때문에 공부에 집중이 안 된다고."

"이만 끊어."

"이성규, 너 죽고 싶냐? 나 아직 시작도 안 했어."

짜증을 내던 유창민이 욕을 퍼붓기 시작했다. 누구나 아는 가벼운 욕부터 난생처음 들어 보는 욕까지. 우리나라에 그렇게 다양한 욕이 있다는 걸 처음 알았다. 10분쯤 욕을 하던 유창민이 그제야 만족스러웠는지, 친절하게도 '내일 또 통화하자.'라는 말을 남기고 전화를 끊었다.

잠이 확 달아났는지 수민이가 놀라워하며 말했다.

"엄청난데!"

수정이가 입을 다물지 못하는 수민이의 옆구리를 찌르며 물었다.

"저 많은 욕을 어떻게 참았냐."

있는 힘껏 웃는 게 이런 걸까? 성규는 얼굴 근육을 다 움직여 웃으려고 애썼다. 나는 가볍게 성규의 두 어깨를 잡았다.

"욕먹으면 오래 산다더라. 넌 장수할 거야."

내가 씩 웃었다.

"그런 거야? 이성규, 오래 사는 거야?"

수민이가 씩 웃으며 성규의 등을 찰싹 때렸다.

"그럼 나는 하이 파이브. 오래 살아서 좋겠다, 이성규!"

수정이가 손을 올리자 성규가 얼떨결에 하이 파이브를 했다. 우리는 한바탕 크게 웃었다. 장난스럽게 웃던 수정이가 침착하게 분위기를 바꿔 천천히 이야기를 시작했다.

"일단 유창민이 매일 전화를 한다니까, 그걸 다 녹음하는 거야. 그랬다가 녹음 파일을 공개하겠다는 말로 유창민을 꼼짝 못하게 하는 거야. 착한 척이란 착한 척은 혼자 다 하고 있으니까, 그런 파일이 공개되면. 상상만으로 충분하지?"

우리 넷은 서로 얼굴을 마주 보고 씩 웃었다.

"유창민이 텔레비전에 어떤 얼굴을 하고 나올지 궁금하네."

내가 리모컨으로 채널을 돌렸다.

다큐멘터리는 유창민의 학교생활과 학원, 봉사 활동, 집안 일상을 1주일 동안 쫓아다니며 찍은 것을 보여 줬다. 텔레비전을 통해 나오는 그 아이의 모습은 평범하다 못해 착해 보이기까지 했다. 만약 성규에게 전화로 신 나게 욕했던 목소리와 다큐멘터리에 나오는 목소리가 같지 않았다면 다른 사람이라고 믿었을 것이다.

다큐멘터리 중간에는 그 학교 선생님들의 인터뷰가 담겨 있었는데 하나같이 유창민이 좋은 학생이라고 구구절절 설명하는 내용이었다.

드라마보다 더한 허구로 제작된 다큐멘터리가 끝나 갈 때쯤 유창민의 해설 목소리가 깔렸다.

나는 친구를 때린 적이 있다. 나쁜 짓인 줄 알았지만 맞을까 두려워 때리는 편에 섰다. 다시 시간을 돌릴 수 있다면 나는 차라리 맞는 편을 고를 것이다. 누군가에게 상처를 입히기보다는 차라리 내가 상처를 입는 편이 더 마음 편하다. 상처받은 친구에게 너무나 미안하다. 내가 그 아이를 위해 할 수 있는 일이 있다면 뭐든지 할 거다. 친구에게 정말 미안하다. 너무 미안해서 미안하다는 말이 더 미안하다.

우리는 한동안 넋을 놓고 텔레비전을 봤다. 정신을 차리고 성규의 표정을 살폈다. 차라리 화를 내거나 짜증을 내는 표정이면 괜찮았을 텐데, 성규는 모든 걸 포기한 표정을 지었다. 나는 성규와 쌍둥이 표정을 훑어보면서 진지하게 말했다.

"배우는 유창민이 해야겠는데. 너희들 모두 뮤지컬 연습 분발해. 연습 안 하면 유창민한테 밀린다."

진지한 내 태도에 모두 어이없어하며 웃음을 터트렸다. 한참을 웃던 성규가 곧 눈물을 쏟을 것 같은 눈을 하고 웅얼거렸다.

"유창민이란 이름이 이렇게 장난스럽게 말하고, 웃고 떠들 수 있는 이름이었구나."

"이제부터는 유창민이 전화하면 그냥 대답만 해. 다 녹음되는 거니까. 짧게 대답하고, 최대한 불쌍한 척해야 한다."

수정이는 불쌍한 척이라는 단어에 힘을 줬다. 수민이와 나는 왜 그래야 하는지 궁금한 표정으로 수정이를 바라봤다.

"그래야 유창민이 나쁜 놈인 게 더 잘 드러나잖아. 그쪽에서 연기하면 우리는 리얼리티에 극적인 연기를 얹는 거야."

수민이와 성규, 나는 모두 동시에, "오오!" 하며 감탄사를 터트렸다.

"저기, 그런데 저 아이 성실한 애야?"

갑작스러운 내 질문에 성규가 눈을 동그랗게 떴다.

"어? 누구?"

"유창민 말이야. 성실해야 꼬박꼬박 협박 전화를 할 거 아냐. 그래야 우리가 녹음도 하고."

나를 빤히 보던 수정이가 "나 지금 성실함이란 단어가 막 소름 끼치려고 한다." 하고는 두 손으로 두 팔을 문질렀다.

소름 끼치도록 성실한 유창민은 늘 같은 시간에 꾸준히 전화를 했다. 그런 유창민의 목소리를 우리는 이튿날 따끈따끈하게 들었다. 현실성 떨어지게 소름 돋는 다정함으로 "아직까지 잘 지내고 있냐?" 하는 첫인사와 함께 유창민은 욕과 협박을 쏟아 냈다. 수민이와 내가 얼굴을 찡그릴 때면 수정이는 오히려 즐겁다는 듯 통화 내용을 적어 두었다.

"이 정도 분량이면 충분히 자료가 쌓인 것 같아. 이 통화 내용을 유창민한테 보내고 계속 성규를 괴롭히면 인터넷에 퍼뜨린다고 하자."

수정이 말에 갑자기 성규가 고개를 저었다.

"왜? 이 녀석이 계속 나쁜 짓 할 것 같아서 그래?"

걱정스러운 내 말에 성규가 또 고개를 저었다.

"직접 찾아가서 들려주고 싶어. 어떤 표정을 지을지 궁금하기도 하고. 얼굴을 마주 보고 두 번 다시 귀찮게 하지 말라고 당당하게 말하고 싶어."

성규의 목소리에는 힘이 실려 있었다.

"그런 건 관객이 많은 곳에서 터트려 줘야지. 평일에 다 같이 가자."

수정이가 익살스러운 웃음을 지으며 말을 이어 갔다.

"곧 소풍이잖아. 그날 유창민이 다니는 학교로 찾아가자. 유창민도 유창민이지만 다큐멘터리에서 인터뷰한 선생들 얼굴도 직접 보고 싶네. 선생님씩이나 되어서 거짓말, 아니, 아니, 아니지. 연기를 그렇게 잘하시는 비결을 물어보자."

수민와 내가 동시에 격하게 고개를 끄덕이며 "오케이!" 하고 외쳤다. 성규는 아무 말 없이 우리를 바라보며 그저 웃기만 했다.

아홉

학교 앞에 멈춰 선 검은 자동차. 그 안에서 쏟아져 나오는 아이들. 유창민이 다니는 중학교의 아침 풍경은 우리 학교와 달랐다. 옅게 비치는 아침 햇살에 반짝거리는 검은 자동차들이 죽 늘어선 학교 앞 풍경에 어깨가 저절로 움츠러들었다.

성규는 휴대 전화를 들고 몇 번씩 녹음한 파일을 몇 차례 틀어 보았다. 그 모습을 지켜보던 수정이가 성규에게 다가가 말했다.

"떨지 말고 한 번에 끝내자. 이거 받아."

수정이가 건네준 종이에는 성규와 유창민의 통화 내용이 적혀 있었다. 요일마다 영화 시나리오처럼 쓰여 있었는데, 유창민이 말한 부분만 모으면 욕 강의가 가능할 만큼 낯선 단어가 가지가지로 보였다. 그걸 보고 있으니 유창민의 목소리가 생생하게 울리는 것 같아서 소름이 끼쳤다. 그런 대화 끝에는 '학교 폭력에 대한 증거로 경찰에 넘길 복사본은 충분히 준비되어 있음'이라는 문구가 덧붙어 있었다.

"잘할게. 고마워."

우리 하나하나와 천천히 눈을 마주친 성규가 심호흡을 했다. 긴장은 했지만 겁먹지 않고 당당한 성규의 모습이 멋있었다.

손목시계를 내려다본 수민이는 씩 웃었다.

"놀이공원 집합은 열 시야. 시간 넉넉하니까 맘 놓고 질러라."

수민이가 화끈하게 성규의 등을 찰싹 내리쳤다. 긴장하고 있던 성규가 깜짝 놀라며 휘청거렸다. 휘청거리는 모습을 보고 웃음을 참던 수정이의 표정이 갑자기 바뀌었다. 놀란 것처럼 크게 눈을 뜬 수정이 눈길을 따라가니 유창민이 보였다.

유창민을 본 성규가 먼저 성큼성큼 그쪽으로 걸어갔다. 학교에 들어가려던 유창민이 성규를 보고 멈춰 섰다. 자신 앞에 나타난 성규를 보고 유창민은 크게 놀라는 눈치였다. 성규는 당당하고 씩씩한 목소리로 밝게 인사했다.

"안녕! 오늘은 인사 안 하니? 네가 만날 걱정해 준 덕에 난 잘 지내고 있어."

유창민은 당황과 짜증이 뒤섞인 표정으로 성규를 노려봤다. 그 살벌한 눈빛에 약간 떨어져 지켜보던 나까지 등줄기가 서늘했다. 그런 눈빛을 받고도 성규는 방긋 웃으며 유창민과 통화한 내용이 담긴 종이를 내밀었다.

"좋은 말이 많더라. 그래서 네가 했던 이야기를 다 적어 뒀어. 그리고 녹음 파일도."

얼떨결에 유창민이 종이를 받아 들자, 성규는 녹음해 뒀던 통화 내용을 틀었다. 휴대 전화에서 유창민의 목소리가 흘러나왔다. 소리가 크지 않아서 멀리까지 퍼지지는 않았지만 유창민은 똑똑하게 들리는 모양이다. 유창민이 빨갛게 달아오른 얼굴로 성규를 노려봤다.

성규가 침묵을 깨고 물었다.

"선물이 마음에 안 드니?"

유창민이 종이를 찢으며 소리 질렀다.

"어설프게 협박하고 있네. 이런다고 내가 널 봐줄 것 같아? 매주 애들 모아서 촌구석으로 보내 줄까?"

"그래. 지금 내가 다니는 학교 촌에 있어. 정확히 말하면 읍이지. 너 그런 지명 들어는 봤냐?"

"이게 장난하나!"

"장난 맞아. 얼마 전엔 나의 이런 모습 상상도 못 했을 거야. 그런데 나 달라졌어. 이제는 그냥 맞고만 있지 않아. 너 계속 이런 식으로 굴면 경찰에 신고할 거야. 그리고 인터넷에 너와 통화한 거 다 올릴 거고, 언론에도 알릴 거야."

"누가 그 말을 믿어 줄 것 같아? 다큐멘터리도 못 봤냐! 거기 나오는 선생님들도 다 내 편인 거 못 봤어?"

흥분한 유창민이 성규의 멱살을 잡아 올렸다.

"어이, 멀쩡하게 생긴 다중이!"

내가 외친 소리에 유창민이 고개를 돌려 뒤를 보았다.

"여기 성규 편 있는데. 우리가 친구거든."

나는 손을 흔들어 유창민에게 인사를 했다. 유창민은 얼빠진 표정으로 나를 쳐다봤다. 그 틈에 성규가 녀석의 손을 홱 뿌리쳤다. 유창민은 기가 막힌 듯 코웃음을 쳤다.

"저것들은 또 뭐야!"

그러자 수정이가 코웃음으로 맞서며 냉랭하게 대답했다.

"뭐긴. 바보냐? 이성규 친구라니까. 야! 다중이, 각종 포털 사이트에 욕쟁이 무개념 학생으로 올려 줄게. 그걸로 부족한가? 번역해서 외국 사이트에도 올려 줄까? 기왕 하는 거 세계적으로 나가야지. 어때, 재미있겠지?"

씩 웃는 수정이의 표정이 살벌했다. 정말이지 수정이가 내 친구인 것이 다행이다.

마른침을 삼킨 유창민은 긴장한 듯 물었다.

"너희 정체가 뭐야?"

"진짜 바본가? 우린 성규 친구라니까."

수민이가 어깨를 으쓱하며 유창민을 노려봤다.

누군가 외친 "이성규다!" 하는 한마디에 등교하던 학생들이 우리 쪽으로 우르르 몰려들었다. 유창민이 화난 표정으로 주변에 모여든 학생들을 쏘아보며 말했다.

"무슨 구경거리 났다고 몰려들고 지랄이야!"

살벌한 유창민의 말에도 학생들은 흩어지지 않고 모여들었다.

"어디서 눈 똑바로 뜨고 나를 쳐다봐? 너희 내가 누군지 몰라서 그래?"

흥분한 유창민의 악의에 찬 눈빛을 피하긴 했어도 학생들은 흩어지지 않았다. 씩씩거리는 유창민에게 바싹 다가간 성규가 흔들림 없이 말했다.

"네가 누군지 관심 없어. 거짓말쟁이, 다중이, 찌질이, 그런 것들 중 하나겠지. 내가 원하는 건 앞으로 나를 귀찮게 굴지 않겠다는 약속을 받는 거야."

주변에 모여 있던 학생들이 방청객처럼 "오오!" 하며 효과음을 넣었다. 모두들 휴대 전화를 들고 동영상을 찍었다. 그때 멀리서 한 남자가 달려왔다.

"너희들 여기서 뭐 하는 거야?"

사십 대 중반으로 보이는 남자는 질 좋은 양복을 입고 있었다.

"다들 전화기 집어넣고 교실로 가지 못해?"

남자가 비둘기를 쫓듯 아이들을 교문 안으로 쫓아냈다. 남자를 가만히 지켜보고 서 있던 성규가 고개를 숙여 인사했다.

"안녕하세요."

떨떠름한 표정의 남자가 달갑지 않은 듯 물었다.

"여긴 뭐 하러 왔니?"

"유창민 보러 왔습니다."

성규의 당당한 말투가 탐탁지 않은 듯 남자는 얼굴을 찡그렸다.

"학교도 안 가고 남의 학교에 와서는. 너희 학교 전화번호 불러."

나는 휴대 전화를 꺼내 시간을 보았다. 아직 10시까지는 시간이 넉넉했다. 나는 천진난만한 표정으로 남자에게 말했다.

"저기 아저씨, 오늘 우리 학교 소풍이라 열 시까지만 놀이공원 앞으로 가면 되는데요."

멀찍이 떨어져서 우리를 훔쳐보던 학생 중 누군가가 "선생님보고 아저씨래!" 하고 킥킥거렸다. 그 웃음은 주변에 모여 있던 아이들에게 전염되었다. 다들 남자를 보며 낄낄거렸다. 화가 난 남자가 그쪽으로 달려가서 남은 아이들을 쫓았다. 모여 있던 아이들은 마지못해서 학교로 들어갔다. 아이들은 학교로 들어가면서도 줄곧 우리를 힐끔거리며 돌아봤다.

모여 있던 학생들이 모두 사라지자 그곳에는 우리와 유창민, 그리고 선생님이라는 남자만 남게 되었다. 자세히 보니 선생님이란 남자는 다큐멘터리에서 입이 닳도록 유창민을 칭찬했던 사람이었다.

잠시 침묵이 흐른 뒤 성규가 씩씩거리는 남자 앞에 서서 입을 열었다.

"저를 단 한 번도 제자라고 생각한 적 없죠? 이젠 학교도 다른데, 아저씨라고 불러도 되겠네요. 그렇죠, 아저씨?"

"이런, 버르장머리 없는 자식이!"

반사적으로 남자의 손이 올라갔다. 그 순간 수민이가 남자의 팔을 잽싸게 낚아챘다.

"이 아저씨 팔은 내가 잡고 있을게. 너는 하고 싶은 말 있으면 어서 해. 빨리 해야 한다. 이런 더러운 사람 팔 잡으면 병균이 온몸에 퍼질 것 같단 말이야. 여름아, 나 물티슈 좀 준비해 줘."

나는 멍하니 수민이를 올려다봤다. 수민이는 질색하는 표정을 지으면서도 남자의 팔을 놓지 않았다. 잡힌 팔을 빼려고 남자가 팔을 흔들었지만 쉽게 팔이 빠지지 않았다.

"오, 오빠 좀 멋있는데!"

수정이가 엄지손가락을 올리며 씩 웃었다.

신경질을 내면서 팔을 빼려고 몸을 흔드는 남자에게 성규가 말했다.

"3학년 초에 나한테 했던 말 기억하세요? 제가 맞았다니까, 우리 반에서 그런 일이 생길 리 없다고 했던 말. 그때 저더러 거짓말이라고 했죠?"

남자는 아무 대꾸도 하지 못했다. 성규는 화를 참는 듯 떨리는 목소리로 다음 말을 이어 갔다.

"어떻게 선생님이란 사람이 그럴 수 있어요? 그러니까 당신은, 나한테 선생님이 아니라 그냥 아저씨인 겁니다."

얼굴이 새빨갛게 달아오른 남자가 성규에게 뭐라고 말하려고 했다. 하지만 성규는 바로 고개를 돌려 유창민에게 말했다.

"너, 할 일 없지? 늘 심심하지?"

유창민의 미간에는 팔자로 주름이 잡혀 있었다. 그리고 점점 더 표정이 험악해졌다.

"유창민, 너 이제 시시해. 약해 빠져서 주변 사람 괴롭히는 것밖에 할 줄 모르는 녀석이 너란 걸 알게 됐으니까."

유창민의 얼굴은 그야말로 홍당무가 되었다. 성규가 했던 말 때문만이 아니었다. 성규의 오른발이 유창민의 왼발 위에 살포시 올라가 있었기 때문이다.

"고작 이 정도로 아프니?"

"야! 이 자식아, 뭐 하는 짓이야!"

유창민이 미치고 팔짝 뛸 것 같은 얼굴로 소리쳤다.

"너야말로 뭐 하는 짓이냐! 앞으로 귀찮게 굴지 마. 통화 내역 방송국에 들어가는 꼴 보기 싫으면!"

새로 산 것처럼 보이는 유창민의 새하얀 운동화 한쪽이 흙색으로 변했다. 덩달아 녀석의 얼굴도 흙색이 내려앉은 것처럼 누렇게 떴다.

방금 목욕을 마치고 나온 것 같은 산뜻한 표정으로 바뀐 성규가 우리 사이로 걸어왔다. 수민이는 세균 가득한 손잡이에서 손을 뗀 듯 찌푸렸던 얼굴을 폈다. 그리고 남자의 팔을 던지듯 놓았다. 나는 미리 꺼내 둔 물티슈를 뽑아서 수민이 손에 놓아 주었다.

성규가 우리 셋을 하나하나 둘러보았다. 우리는 동시에 엄지손가락을 세웠다.

"같이 와 줘서 고맙다. 이제 가자."

성규도 엄지손가락을 세우고 빙그레 웃었다. 약간 바보처럼 보이는 해맑은 웃음이었다. 그 모습 때문에 우리 셋은 웃음이 빵 터져서 마냥 낄낄거렸다. 지나가던 사람이 우리를 본다면 이상한 아이들이라고 생각할 만큼 크게 낄낄거렸다. 바보 같은 성규의 웃음. 지나치게 속되게 말하자면 병신 같았다. 그런데 그래서 더 멋져 보였다.

태풍이 한차례 지나가고 나면 언제 그랬냐는 듯 주변은 잠잠해진다. 우리에게 벌어졌던 태풍 같았던 사건도 언제 그랬냐는 듯 잠잠해졌다.

도무지 오를 기미가 보이지 않는 영어 실력 때문에 나는 기말고사 전에 알아서 영어 학원에 등록하려고 했다. 하지만 엄마는 기왕 다니려면 국어, 영어, 수학을 모두 가르쳐 주는 학원에 다니라고 했다. 결국 주말 빼고 평일을 모두 바쳐야 하는 학원에 등록했다.

강의실 맨 뒷자리에 앉아 어떤 아이들이 학원에 다니는지 슬쩍슬쩍 훔쳐봤다. 동네를 벗어난 곳에 있는 제법 큰 학원이라 우리 학교 학생보다 다른 학교 학생이 더 많았다. 나는 학원에서 나눠 준 교재를 펼치고 선생님이 들어오길 기다리는데 하품이 나왔다.

"한여름!"

익숙한 목소리에 고개를 드니, 성규가 자연스럽게 내 옆자리에 가방을 내려놓았다.

"언제부터 학원 다닌 거야?"

나는 축 처진 목소리로 대답했다.

"오늘부터."

뚱한 내 태도에 슬쩍 낯빛을 살핀 성규가 웃으며 물었다.

"영어 성적 많이 안 좋아?"

살짝 창피했지만 솔직하게 대단히 안 좋다고 대답했다.

반쯤 정신을 놓고 학원 수업을 들었다. 수업은 담임 선생님이 하는 게 더 재미있었다. 국어는 굳이 학원을 안 다녀도 되는데. 엄마는 왜 국어까지 학원에서 배우라고 하는지 모르겠다.

어느새 졸음이 밀려왔다. 교재를 내려다보니 정체를 알 수 없는 글자가 적혀 있었다. 내가 졸음과 사투를 벌이는 사이 수업 종료를 알리는 종소리가 울렸다. 과제를 내준 선생님이 고개를 숙여 인사하고 교실을 나갔다.

가방을 챙기고 있는 나에게 성규가 물었다.

"자전거 타고 왔어?"

"설마. 자전거로 여긴 한 시간 거리야. 버스 타고 왔지."

자리에서 일어나 문 쪽으로 걸어갔다. 한 발 앞서 걷던 성규가 영국 신사처럼 문을 열어 줬다.

"그럼 학원 셔틀 타면 되겠네."

주중 내내 학원에 다녀야 한다는 생각에 엄마가 하는 말을 듣지 않고 심술을 부렸다. 그래서 학원 셔틀이 있는 줄도 몰랐다.

"우리 동네도 가나?"

"그렇겠지. 주차장에 동네마다 가는 셔틀 서 있거든."

바닥에 떨어진 노란 은행이 걸을 때마다 밟히는 주차장. 샛노란 셔틀버스가 보였다. 셔틀버스는 25인승 소형 버스였다. 나는 버스에 올라 자리를 잡고 앉았다. 문이 열릴 때마다 밖이 보이는 자리였다. 뒤이어 탄 성규는 의자에 올려 둔 내 가방을 나에게 건네곤 그 자리에 앉았다. 수업 시간에 졸린 기운이 그대로 남아 졸음이 쏟아졌다.

문득 어깨를 잡고 흔드는 손길에 깨어 보니 창문 밖으로 동네 어귀가 보였다. 성규가 내 가방을 들고 서 있었다. 제법 길게 자라서 가볍게 흔들리는 녀석의 갈색 머리가 어디서 본 것 같은 느낌이 들었다.

"내리자."

문이 열리자 성규가 먼저 버스에서 내렸다. 나도 곧 성규 뒤를 따라 내렸다. 기지개를 켜니 잠이 조금 달아났다. 버스가 떠나는 모습을 보다가 성규가 사는 아파트는 더 가서 내려야 한다는 게 떠올랐다.

"어! 버스 간다. 여기서 내리면 안 되잖아!"

"바래다줄게."

성규가 싱긋 웃더니 앞서 걸어갔다. 멍하니 그 모습을 보다가 나도 걷기 시작했다. 걸음을 늦춘 성규가 뒤를 돌아보고 어서 오라는 손짓을 했다. 나는 달리다시피 녀석의 곁으로 갔다. 제법 쌀쌀한 바람이 볼에 부딪혔다. 말없이 나란히 걷고 있으니 타박타박 발소리가 크게 들렸다.

“저기, 여름아.”

성규가 걸음을 멈췄다.

“나, 기억 안 나?”

“어?”

“잘 생각해 봐. 우리는 예전에 본 적 있는데. 힌트, 예술의 전당.”

예술의 전당이라면 수정이랑 전시회를 보러 갔던 곳인데. 그때 어디서 우리가 만났다는 걸까? 바람이 불어와 성규의 머리카락이 날렸다. 찰랑거리는 갈색 머리!

“혹시, 갈색 바가지 머리. 길 알려 준 사람이 너?”

“빙고.”

“정말? 진짜 너야?”

“응. 그런데 넌 나를 전혀 기억하지 못하더라.”

“머리 모양이 달라져 갖고.”

“그냥 기억력이 나쁜 건 아니고?”

나는 그 말을 차마 부정하지 못하고 입술만 비쭉 내밀었다. 그러고 보니 성규네 집 신발장에서 봤던 하얀 하이탑 운동화도 그날 봤다. 힐끔 성규의 얼굴을 보면서 그날을 떠올렸다. 여태 왜 그걸 몰랐을까.

갑자기 헛기침을 하던 성규가 목소리를 가다듬었다.

“그리고 꼭 하고 싶은 말이 있는데, 그건 나중에 할게. 저기 집 보인다. 그럼 난 간다.”

성규는 천천히 걸어왔던 길을 되짚어 뛰어서 올라갔다. 나는 멈춰 서서 성규 모습이 사라질 때까지 바라봤다. 언덕 끝에 다다른 성규는 뒤를 돌아 손을 흔들었다. 도대체 성규가 하고 싶다는 말은 뭘까?

나는 천천히 길을 따라서 집으로 향했다. 오늘따라 동네 개들이 내가 지날 때마다 유난스럽게 컹컹 짖어 댔다. 따뜻한 가을볕을 받은 길가 텃밭의 잎들이 반짝였다. 유독 반짝거리는 창문이 많은 쌍둥이네 집 앞에 섰다. 대문이 열려 있었다. 색색의 꽃을 심어 놓은 정원의 주황빛이 대문 사이로 흘러나왔다. 수정이가 보여 줬던 모네의 그림이 떠올랐다. 꽃이 가득한 정원 한가운데에 놓여 있던 동그란 탁자. 주전자와 찻잔이 놓여 있던 탁자를 옮겨다 우리 넷이 앉아서 차를 마시면 좋겠다.

"어서 와. 늦었어, 너."

집에 들어서니 익숙하지만 우리 집에 어울리지 않는 목소리가 들렸다. 고개를 드니 신발장 앞에 수민이가 서 있었다.

"네가 여기 왜 있어?"

깜짝 놀라는 나를 보고 수민이가 섭섭한 듯 말했다.

"내가 남이야?"

거실을 들여다보니 엄마와 아빠가 과일이 잔뜩 올라간 생크림 케이크를 먹고 있었다. 나와 눈이 마주친 아빠가 손짓을 했다.

"수민이가 가져왔다. 선물로 케이크가 세 개나 들어왔다지, 뭐냐? 어서 와서 너도 먹어."

"나중에요."

나는 거실을 지나 내 방으로 들어갔다. 수민이가 자연스럽게 따라 들어왔다.

"아까 걔 성규지?"

"이상하다. 나 혼자서 왔는데."

"장난하지 말고. 성규지?"

나를 채근하는 수민이를 보자 장난이 치고 싶어졌다. 그래서 어깨를 으쓱하며 아무 말 없이 점퍼를 벗어서 의자에 걸었다. 답답한 듯 입술을 앙다물었던 수민이가 침대에 털썩 걸터앉은 뒤 심술궂게 말했다.

"나는 안 그래도 인기남인데. 연극제에 나가면 분명히 인기가 더 많아질 거야."

뻔뻔한 수민이의 태도에 어깨를 으쓱하며, "뭐라니." 하고 대꾸했다.

"사실을 말하고 있거든!"

수민이가 정색을 하며 말을 이었다.

"노래 잘하는 건 들키지 않으려고 했는데. 재능이란 그렇게 쉽게 숨길 수 있는 게 아닌가 봐."

너무 진지한 수민이의 말투가 어딘지 모르게 웃겼다. 그런데 갑자기 수민이가 진지한 표정으로 나에게 다가오더니 내 손을 덥석 잡았다.

"여름아, 넌 무조건 내 편이지?"

나는 어쩔 줄 모르고 멈칫하다가 가볍게 고개를 끄덕이며, "당연하지!" 하고 대답해 주었다. 뾰로통하던 수민이의 얼굴에 수줍은 웃음이 번졌다.

"그러면 안심하고 간다."

수민이가 방을 나가 문간에 서서 살랑살랑 손을 흔들며 씩 웃었다. 누군가 땡을 해 줘야 움직일 수 있을 것 같았다.

"여름아, 수민이 가는데 뭐 해?"

엄마가 다급한 목소리로 방문을 두들겼다.

나는 부리나케 수민이가 서 있는 현관 쪽으로 걸어갔다.

"저 가 볼게요. 여름아, 나 간다."

가볍게 손을 흔들던 수민이가 싱끗 웃었다. 그 웃음에 갑자기 심장이 요동치기 시작했다. 심장 뛰는 소리를 들킬 것 같아서 멀찍이 떨어져 수민이 뒤를 따라 나갔다. 앞서 마당을 걸어가던 수민이가 멈춰 서서 뒤를 돌아다보았다. 눈이 마주치자 어색하게 손을 흔들었다. 수민이는 밝게 웃으며 손을 흔들었다.

핫 팩을 쥔 것처럼 수민이와 마주 잡았던 손이 화끈거렸다. 바람이 부는 쪽으로 손을 내밀었지만, 손은 자꾸만 더 뜨거워지는 듯했다. 오늘 하루 있었던 일은 하나도 생각나지 않고 해맑게 웃던 수민이 얼굴만이 선명하게 떠올랐다.

나는 현관문을 닫고 가만히 숨을 골랐다. 수민이의 웃는 모습이 자꾸만 둥둥 떠다녔다. 갑자기 둘이서 걷던 밤길의 기억이 하나하나 되살아났다. 볼을 스치던 바람, 둘이 걷는데 혼자 걷는 것처럼 나던 타박타박 발소리, 가볍게 스치던 수민이의 손등. 심장은 더 크게 쿵쾅거리며 뛰기 시작했다.

명랑한 이야기꾼, 한여름과 여러분의 친구
기예형 작가를 만나다!

기억도 나지 않을 만큼 어린 시절부터 이야기꾼이 되기를 꿈꾼 작은 소녀가 순정 만화처럼 즐겁고 유쾌한 이야기 《한여름, 명랑한 걸!》로 작가로서 첫발을 내디뎠다. 제2회 한우리문학상 청소년 부문 우수작의 당선자 기예형 작가, 소설 속의 주인공 한여름만큼이나 발랄하고 상큼한 사람일까? 당선 상금을 받기가 무섭게 런던으로 쏜살같이 놀러 갔다는 그녀, 작품 속의 경쾌한 이미지가 오버랩되어 어떤 사람일까 한층 궁금해졌다. 예상대로 기예형 작가는 소설 속의 주인공만큼이나 발랄하고 유쾌한 향기를 풍기는 재미있는 청년이었다. 재미있는 이야기, 희망과 따스함을 주는 이야기를 쓰고 싶다는 기예형 작가의 인터뷰를 들어 보자. _**편집자**

우선 당선 축하드립니다. 언제부터 소설 쓰기에 관심 있었나요? 작가가 되는 게 어릴 적부터의 꿈이었나요?

어릴 때부터 책을 정말 많이 읽었어요. 초등학교 때는 코넌 도일의 책에 흠뻑 빠졌고요, 추리 소설은 닥치는 대로 읽었어요. 책을 많이 읽어서인지 일찍부터 자기만의 세계가 생겼어요. 작가를 꿈꾼 건 아주 까마득한 꼬맹이 때부터예요. 기억도 나지 않을 만큼. 책을 읽으면서 작가라는 직업을 알게 됐고, 그 무렵부터 작가는 내게 꼭 이뤄야 할 꿈이 됐어요.

다른 사람들이 꿈꾸는 좋은 직장, 높은 급여는 내가 가야 할 길은 아니었어요. 그런 것보다는 원하는 것을 이루며 사는 게 저에게는 더 기쁜 일이죠. 우리나라에서 작가로 살아간다는 게 참 배고픈 일이지만 낙천적인 편이라서 크게 걱정하지 않아요! 지금은 대한민국 백수, 아르바이트로 생계를 이어 가지만, 언젠가는 큰 작가로 우뚝 서 있을 거라 믿어요.

글 쓰는 데 전념하느라 회사에 취직하지 않고 아르바이트로 생계를 책임지고 있잖아요. 한 가지 일만 하기도 벅찬데, 어떠세요?

전 아직까지는 아르바이트가 재미있어요. 이런저런 다양한 일을 하면서 소잿거리를 얻기도 하고요. 작가들 중에 작품 쓰는 것이 고통이라는 분들이 많잖아요. 전 글을 쓰면서 스트레스를 푸는 편이에요. 평소 저를 어렵게 했다든가 특히 고통을 주신 분 같은 경우엔 작품 속에서 뾰족하고 못된 캐릭터로 등장하지요. 그렇게 그려 가다 보면 스트레스가 확 풀리죠.

치밀하게 계획해서 살기보단 그때그때의 느낌들을 존중해요. 문학상 상금은 어머니 드리고 런던 여행 하느라 다 썼어요. 부족한 것이 느껴지면 새로운 도전을 하게 되니까요.

긴 팔다리에 송중기 같은 꽃미남들이 소설 속에 나오잖아요. 주인공들 보는 재미에 가슴이 콩닥거리기도 하고요. 혹시 주위에 모델이 된 사람들이 있었나요?

불행하게도 주위에 없네요. 비주얼은 드라마에서 많이 따왔어요. 역시 현실은 가혹한가 봐요. 제 주변에 수정이나 수민이처럼 외모가 출중한 이들은 없으니까요. 소설 속의 비주얼은 제가 드라마를 보면서 열광하는 이미지예요.

한여름처럼 삼각관계에 놓인 적이 있나요? 마치 캔디처럼 멋진 왕자님들이 좋아하는 격인데……. 왠지 작가님도 그러지 않았나 싶어서요.

아쉽지만 아니에요. 중고등학교를 모두 남녀 공학을 나왔지만, 멋진 남학생들이 한꺼번에 절 좋아한 적은 없었어요. 그런 상황이 된다면 정말 좋겠죠?

가해자가 피해자가 되고, 피해자가 가해자가 되는 학교의 왕따 현실을 이야기 속에서 치열하게 고발했습니다. 왕따에 관한 이야기를 쓰게 된 계기는요?

학교 다닐 때 친구 관계가 좋은 편이었지만, 어느 해엔가 같은 반에 친한 친구가 한 명도 없었던 적이 있어요. 다른 반 친구들과는 굉장히 친했지만, 같은 반에는 친한 친구가 없어서 뭔가 붕 떠 있는 기분이었어요. 소외감이 뭔지 어렴풋이 알 수 있었으니까요.

도시락 먹을 때 누구와 먹을까 걱정했던 것도 같고……. 그때의 공허감, 외로움 등을 토대로 상상력을 마구 발휘했어요! 어찌 보면 그때부터 왕따 문제에 대해 관심을 가지게 됐던 것 같고요.

학교 폭력의 핫이슈인 왕따 문제는 어떻게 해결할 수 있을까요?

왕따 문제는 한 친구가 한 친구를 믿어 주면 해결될 수 있다고 봐요. 왕따를 챙겨 준 친구가 다음번 왕따의 타깃이 되는 경우가 많다는데, 이건 믿어 준 친구를 챙겨 주지 못했기 때문이에요. 도움을 받았다면, 나도 그 도움을 돌려주면 돼요. 그러면 적어도 둘은 친구잖아요. 혼자는 아니니까 헤쳐 나갈 힘이 생기지요. 또 떠도는 소문 즉, 내가 겪지도 않은 일에 휘둘리면 안 돼요. 이런저런 소문에 휘둘려 누군가를 피하다 보면 어느 순간 나도 누군가를 왕따시키는 사람이 되어 있을 테니까요. 왕따를 당하는 아이들에게 해 주고 싶은 말은, '지금 이 순간의 고통은 지나간다. 그러고 나면 새로운 세상이 펼쳐진다.'예요. 끝나지 않을 것 같은 고통도 어느 순간에는 결국 지나가 버려요.

왕따 외에도 청소년들이 겪는 갈등과 고난은 너무 많아요. 이런 긴 터널에서 빠져나올 수 있는 무기는 무엇일까요?

바로 용기, 다르게 살아갈 것을 선언하는 용기 같아요. 아베 나쓰마

루의 《아빠처럼 되고 싶지 않아》라는 책 속에 이런 말이 나와요.

"인생을 가시밭길이라고 하는 사람도 있지만 그건 완전 뻥이야. (중략) 어떤 인생이든 고통도 따르고 기쁨도 따르는 법이지. 다양한 사람이 있는 만큼 다양한 인생이 있어도 된다는 게 내 생각이다."

세상에 단 하나의 길만 존재한다고 생각지 않아요. 하물며 수학 문제를 푸는 데도 여러 가지 방식이 있잖아요. 만약 왕따 때문에 죽을 만큼 힘들다면 자살을 택하기보다는 학교를 그만두고 검정고시를 본다든가 대안 학교를 간다든가, 다른 길을 찾아보는 게 맞는 거 같아요. 죽는 거보다는 훨씬 낫잖아요.

명랑 유쾌한 한여름, 베일에 싸인 듯한 성규, 겉보기엔 화려하지만 아픔을 지닌 쌍둥이 남매, 왕따의 주동자 유창민까지, 가장 정이 가고 신경이 쓰인 캐릭터는 누구인가요?

한여름 캐릭터가 가장 마음에 들어요. 현실 속에서는 드물지만, 열린 생각을 가진 부모님 덕분에 밝고 건강하게 자란 아이예요. 다른 아이들도 이런 환경에서 자랐으면 좋겠어요.

성규나 수민이 같은 경우에는 겪지 말아야 할 일들을 겪은 아픈 경험이 있는 아이들이고요. 아이들마다 숨어 있는 사연이 많은데, 이 책에서는 다 펼치지 못했어요. 다음 책을 생각하고 있거든요.

앞으로 어떤 소설을 쓰고 싶은지? 독자에게 들려주고 싶은 이야기는 무엇인지? 앞으로 창작 활동에만 매진하실 건가요?

동화, 청소년 소설, 성인 소설 모두 관심 있어요. 동화와 청소년 소설에 두는 비중이 높은 편이지만, 흥미로운 분야가 아주 많아요. 아이들이 제 이야기를 읽고, 마음이 밝고 따뜻해졌으면 좋겠어요. 앞으로 전 제가 잘 쓸 수 있는, 밝고 재미있는 이야기를 많이 풀어 볼 작정입니다.